Edgar A Poe

EDGAR ALLAN POE

O GATO PRETO E OUTROS CONTOS

Pé da letra

www.editorapedaletra.com.br
(11) 3733-0404 / 3687-7198

Projeto gráfico: Quatria Comunicação
Tradução: Lívia Bono

Equipe editorial
Ricardo Mesquita - Capa
Ricardo Mesquita - Diagramação
Marcelo Paradizo - Revisão

Dados Internacionais de Catalogação na Publicação (CIP)
(eDOC BRASIL, Belo Horizonte/MG)

Poe, Edgar Allan, 1809-1849.
P743g O gato / Edgar Allan Poe. – Barueri, SP: Pé da Letra, 2020.
188 p. : 16 x 23 cm

Título original: The Black Cat
ISBN 978-65-86181-12-8

1. Contos americanos. I. Título.
CDD 813

Elaborado por Maurício Amormino Júnior – CRB6/2422

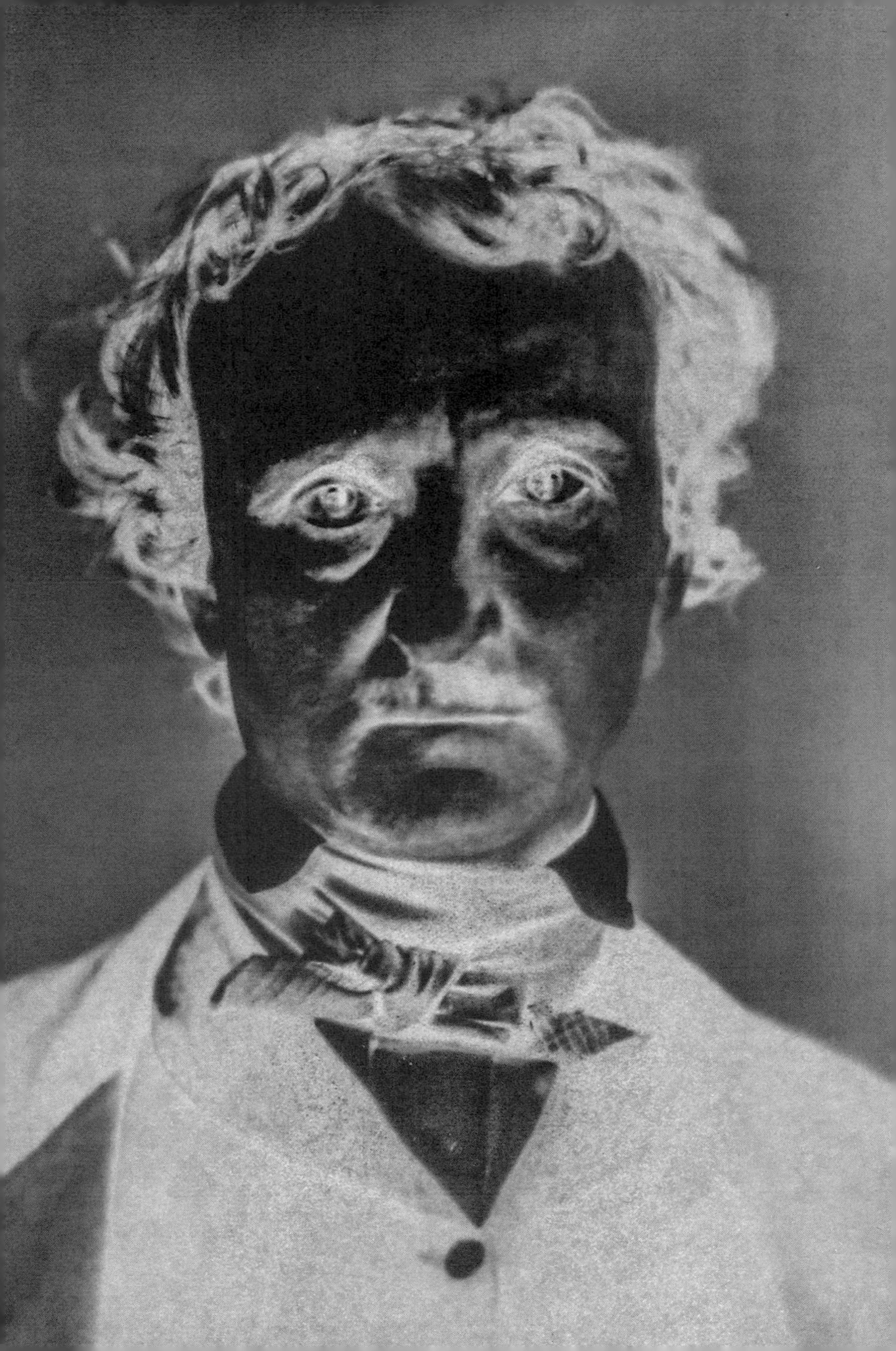

SUMÁRIO

A Carta Roubada

Nil sapientiae odiosius acumine nimio[1]
Sêneca

Em Paris, logo após escurecer, em uma noite ventosa do outono de 18–, eu aproveitava o luxo duplo da reflexão combinada com um cachimbo, na companhia de meu amigo, C. Auguste Dupin, em sua pequena biblioteca escura, ou gabinete de livros, *au troisiême*, número 33, Rue Dunôt, Faubourg St. Germain. Por uma hora, no mínimo, estivéramos num profundo silêncio, durante o qual, para um observador casual, cada um de nós deve ter parecido absorto completa e exclusivamente pelos anéis da fumaça que carregava a atmosfera do cômodo. De minha parte, contudo, estava debatendo mentalmente certos tópicos que haviam sido objeto de discussão entre nós, mais cedo naquela noite; refiro-me ao caso da Rua Morgue e ao mistério do assassinato de Marie Rogêt. Considerei uma coincidência, portanto, quando a porta de nossa casa foi aberta de supetão e deixou entrar nosso velho conhecido, monsieur G–, delegado da polícia parisiense.

Recebemo-lo cordialmente, pois o homem era tão divertido quanto desprezível, e não o víamos há muitos anos. Estivéramos sentados no escuro, e Dupin levantou-se, naquele momento, para acender uma lamparina, mas voltou a sentar-se sem tê-lo feito, quando G– disse que o motivo de sua visita era consultar-nos, ou, na verdade, pedir a opinião de meu amigo, sobre algum negócio oficial que estava causando inúmeros problemas.

– Se for algum assunto que precise de reflexão – observou Dupin, ao deixar de acender a chama –, poderemos examiná-lo melhor no escuro.

– É mais uma de suas ideias estranhas – disse o delegado, que tinha a mania de chamar de "estranho" tudo o que estivesse além de sua compreensão, e assim vivia em meio a uma multidão de "estranhezas".

– Isso é bem verdade – disse Dupin, enquanto fornecia um cachimbo

1 N. da T.: "Nada é mais odioso para a sabedoria do que demasiada astúcia".

ao visitante e empurrava-o na direção de uma poltrona confortável.

– E qual é a dificuldade, desta vez? – perguntei. – Nada que tenha a ver com assassinato, espero?

– Ah, não, nada desse tipo. Acontece que o assunto é bastante simples, e não tenho dúvida de que poderíamos lidar muito bem com ele sozinhos; mas então pensei que Dupin pudesse querer saber dos detalhes do caso, pois é excessivamente estranho.

– Simples e estranho – disse Dupin.

– Bem, sim; e não exatamente, tampouco. O fato é que estamos bem intrigados, porque o caso é tão simples, mas ao mesmo tempo nos desconcerta completamente.

– Talvez seja a própria simplicidade que os confunde – disse meu amigo.

– Que besteira que o senhor diz! – respondeu o delegado, rindo com gosto.

– Talvez o mistério seja simplório demais – disse Dupin.

– Deus do céu! Quem já ouviu falar em algo assim?

– Um pouco evidente demais.

– Ha! Ha! Ha, ha! Ha, ha! Ho! Ho, ho! – gargalhou nosso visitante, extremamente divertido. – Ah, Dupin, ainda me mata de rir!

– E qual, afinal de contas, é o caso em questão? – perguntei.

– Pois contarei – respondeu o delegado, enquanto dava uma baforada longa, firme e contemplativa, e ajeitava sua posição sobre a poltrona. – Contarei em poucas palavras; porém, antes de começar, permitam-me avisá-los de que este é um caso que exige a maior confidencialidade, e que eu provavelmente perderia o cargo que ocupo, se soubessem que falei sobre ele com alguém.

– Prossiga – falei.

– Ou não – disse Dupin.

– Então está bem. Recebi informações pessoais, de um escalão bastante alto, que relatam que um documento de absoluta importância foi roubado dos aposentos reais. Sabe-se quem foi o indivíduo que o roubou, ele foi visto enquanto o fazia. Também sabe-se que o documento continua sob sua posse.

– Como sabem disso? – perguntou Dupin.

– É claramente inferido – respondeu o delegado – pela natureza do documento, e pelo fato de que certos resultados não aconteceram, que teriam ocorrido se o ladrão o houvesse passado para outras mãos; quer dizer, se tivesse usado o documento da forma que pretende.

– Seja um pouco mais explícito – pedi.

– Bem, posso ousar dizer que o papel dá a seu detentor um certo poder, em uma determinada esfera em que tal poder é imensamente valioso – o delegado estimava muito o jargão da diplomacia.

– Continuo sem entender – disse Dupin.

– É mesmo? Bem... a divulgação do documento a um terceiro, que não será nomeado, colocaria em dúvida a honra de uma figura ilustre, que ocupa uma posição social das mais altas, e esse fato dá ao detentor do documento uma influência sobre a figura ilustre, cuja honra e paz de espírito estão sob ameaça.

– Mas essa influência – comentei – exigiria que o ladrão soubesse que o perdedor sabe sobre o ladrão. Quem ousaria...

– O ladrão – respondeu G– – é o ministro D–, que ousa fazer qualquer coisa, seja ela digna ou indigna de um homem. O método do roubo foi tão engenhoso quanto ousado. O documento em questão – uma carta, para ser franco – fora recebido pela figura ilustre enquanto estava sozinha no boudoir real. Enquanto lia, foi interrompida de repente pela entrada de um outro figurão, de quem ela mais queria esconder a carta. Após uma tentativa apressada e infrutífera de enfiar a carta em uma gaveta, ela foi forçada a colocá-la, aberta como estava, sobre uma mesa. O endereço, contudo, estava bem na parte de cima e, com o conteúdo assim escondido, a carta passou despercebida. Naquele momento, entra o ministro D–. Seus olhos de lince imediatamente repararam no papel, ele reconheceu de imediato a letra de quem escrevera o endereço, observou a confusão da destinatária e desvendou seu segredo. Após certas transações de negócios, discutidas apressadamente, como era de costume do ministro, ele tira do bolso uma carta ligeiramente semelhante àquela em questão, abre-a, finge lê-la e então coloca-a sobre a outra. Conversa mais um pouco, por uns 15 minutos, sobre assuntos de ordem pública. Finalmente, ao despedir-se, pega da mesa a carta sobre a qual não tinha qualquer direito. A legítima dona da mesma viu tudo, mas é claro que não ousou chamar a atenção para o fato, na presença do terceiro figurão, que estava de pé a seu lado. O ministro parte, deixando na mesa sua própria carta, que era absolutamente desimportante.

– Temos, então – disse Dupin para mim – exatamente o que perguntou, para fazer com que a influência esteja completa: o fato de que o ladrão sabe que a vítima sabe dele.

– Sim – respondeu o delegado – e o poder dessa forma alcançado tem sido, nos últimos meses, exercido para fins políticos, chegando a um ponto bem perigoso. A pessoa ilustre, vítima do roubo, está a cada dia mais convencida da necessidade de recuperar sua carta. Mas isso, é claro, não pode ser feito às claras. Finalmente, levada ao desespero, confiou-me a questão.

– E um agente mais sagaz – disse Dupin, envolto por um perfeito redemoinho de fumaça – não poderia, imagino, ser desejado ou até mesmo imaginado.

– O senhor me lisonjeia – disse o delegado. – Mas é possível que tal opinião tenha sido aventada.

– Está claro – falei –, como o senhor observou, que a carta continua sob a posse do ministro, visto que é tal posse, e não o uso da carta, que dá a ele o poder. Ao usá-la, seu poder é perdido.

– Verdade – disse G– –, e atuo com base nessa certeza. Minha primeira providência foi fazer uma busca minuciosa no hotel do ministro; e minha primeira dificuldade foi precisar procurar sem que ele soubesse. Acima de tudo, foi advertido do perigo causado por dar a ele algum motivo de suspeita quanto à nossa intenção.

– Mas o senhor está bem familiarizado com essas investigações – comentei. – A polícia parisiense já fez isso muitas vezes antes.

– Ah, sim, e por esse motivo não perdi as esperanças. Os hábitos do ministro também me deram uma grande vantagem. Ele costuma passar a noite inteira fora. Seus criados não são, de forma alguma, numerosos. Dormem longe dos aposentos do patrão e, por serem, em sua maioria, napolitanos, embebedam-se facilmente. Tenho chaves, como sabem, com as quais posso abrir qualquer cômodo ou gabinete de Paris. Por três meses, não passou-se uma única noite sem que eu tenha, durante a maior parte da madrugada, vasculhado pessoalmente o Hotel D–. Minha honra está em jogo e, para mencionar um grande segredo, a recompensa é enorme. Assim, não abandonei a busca até estar absolutamente convencido de que o ladrão é mais astuto do que eu. Acho que investiguei cada canto do estabelecimento onde seja possível que o papel esteja escondido.

– Mas não é possível – sugeri – que, apesar de a carta estar sob a posse do ministro, como sem dúvida está, ele possa tê-la escondido em outro lugar, que não em seus aposentos?

– A probabilidade é bem pequena – disse Dupin. – A situação atual peculiar na corte, especialmente as intrigas nas quais se sabe que D– está envolvido, faz com que a disponibilidade instantânea do documento, a possibilidade de que seja apresentado com um segundo de aviso prévio, é um ponto quase que tão importante quanto a posse do mesmo.

– A possibilidade de que seja apresentado? – perguntei.

– Quero dizer, de que seja destruído – respondeu Dupin.

– Verdade – observei. – O papel está claramente nos aposentos, então. Quanto à possibilidade de que esteja com o próprio ministro, podemos considerá-la fora de questão.

– Inteiramente – disse o delegado. – Ele já foi interceptado duas vezes, aparentemente por delinquentes, e revistado vigorosamente, sob minha própria inspeção.

– O senhor poderia ter se poupado do trabalho – disse Dupin. – Imagino que D– não seja nenhum tolo e, assim, deve ter previsto esses desvios como algo óbvio.

– Não é de todo um tolo – respondeu G– –, mas é um poeta, o que considero só um grau acima de um tolo.

– Verdade – disse Dupin, após uma tragada longa e pensativa de seu cachimbo –, apesar de eu mesmo ser culpado de alguns versos.

– O que acha de dar detalhes sobre sua busca? – pedi.

– Bem, o que aconteceu foi que trabalhamos devagar, e procuramos em todos os cantos. Tenho muita experiência com esse tipo de coisa. Vasculhei o prédio inteiro, cômodo por cômodo, dedicando as noites de uma semana inteira a cada um deles. Primeiro examinamos os móveis de cada aposento. Abrimos todas as gavetas possíveis, e imagino que saibam que, para um policial adequadamente treinado, um compartimento secreto é impossível. Um homem que deixe passar alguma gaveta "secreta", em uma varredura desse tipo, é um palerma. É algo tão óbvio. Há um certo volume, um certo espaço, que precisa ser contabilizado em todos os armários. Além do mais, temos réguas precisas. A quinta parte de uma linha não escaparia de nossa atenção. Depois dos armários, examinamos as cadeiras. Analisamos os estofados com as agulhas finas e longas que já me viram usar. Das mesas, removemos os tampos.

– Por quê?

– Às vezes, o tampo de uma mesa, ou de algum móvel semelhante, é removido pela pessoa que deseja esconder um artigo; então, a perna é cavada, o artigo depositado na parte oca, e o tampo é colocado de volta. As partes inferiores e superiores dos dosséis são usadas da mesma forma.

– Mas a cavidade não poderia ser detectada pelo som? – perguntei.

– De forma alguma, se, quando o artigo for colocado, for enrolado em um enchimento suficiente de algodão. Além disso, em nosso caso, éramos obrigados a trabalhar em silêncio.

– Mas não poderiam ter removido... não poderiam ter desmontado todos os móveis onde fosse possível depositar algo do modo como descreveu. Uma carta pode ser comprimida em um rolo espiral fino, com formato ou volume não muito diferente de uma agulha de costura grande, e assim poderia ter sido inserida na perna de uma cadeira, por exemplo. Desmontaram todas as cadeiras?

– Decerto que não; mas fizemos melhor: examinamos as pernas de todas as cadeiras do hotel, e também as juntas de todo tipo de móvel, com o auxílio de um microscópio dos mais poderosos. Se houvesse qualquer sinal de alguma perturbação recente, não teríamos deixado de identificar instantaneamente. Um único grão de pó causado por uma furadeira, por exemplo, teria sido tão óbvio quanto uma maçã. Qualquer desordem na cola, qualquer vão incomum nas juntas teria sido o suficiente para que percebêssemos.

– Imagino que tenham procurado nos espelhos, entre os armários e os pratos, e que tenham vasculhado as camas e os lençóis, assim como as cortinas e os tapetes.

– É claro; e após terminarmos cada partícula dos móveis, examinamos o prédio em si. Dividimos toda a sua superfície em compartimentos, que numeramos, para que não deixássemos passar nenhum. Então, escrutinizamos cada centímetro quadrado individual, em todo o estabelecimento, incluindo os dois prédios vizinhos, com o microscópio, como fizéramos antes.

– Os dois prédios vizinhos! – exclamei. – Devem ter tido um trabalhão.

– Tivemos; mas a recompensa é espantosa!

– Incluíram os terrenos ao redor dos prédios?

– Todos os terrenos são tijolados. Nos deram comparativamente pouco trabalho. Examinamos o musgo entre os tijolos, e descobrimos que não havia sido perturbado.

– Olharam entre os papéis de D–, é claro, e nos livros da biblioteca?

– Certamente que sim; abrimos todos os pacotes e embrulhos, e não só abrimos todos os livros como também viramos todas as páginas de cada volume, não nos contentando com uma mera sacudidela, como fazem alguns de nossos policiais. Também medimos a grossura de cada capa, com a mais precisa aferição, e aplicamos a cada uma delas a mais exata análise do microscópio. Se alguma encadernação houvesse sido mexida recentemente, teria sido absolutamente impossível que passasse despercebida. Cutucamos cuidadosamente com as agulhas, na longitudinal, uns cinco ou seis volumes, que haviam acabado de sair das mãos dos encadernadores.

– Exploraram os pisos debaixo dos carpetes?

– Sem dúvida. Removemos todos os carpetes e examinamos as tábuas com o microscópio.

– E o papel de parede?

– Sim.

– Olharam no porão?

– Olhamos.

– Então – falei –, presumiram errado, e a carta não está no estabelecimento, como supuseram.

– Imagino que o senhor esteja certo quanto a isso – disse o delegado. – E agora, Dupin, o que me aconselha fazer?

– Uma nova busca meticulosa no local.

– Isso é absolutamente desnecessário – respondeu G–. – Tenho tanta certeza do fato de que respiro quanto de que aquela carta não está no hotel.

– Não tenho conselho melhor para dar – disse Dupin. – O senhor tem, é claro, uma descrição precisa da carta?

– Ah, sim!

Naquele momento, o delegado, apresentando um registro de memorandos, começou a ler em voz alta uma descrição detalhada da aparência interna, e especialmente da externa, do documento desaparecido. Logo após terminar tal descrição, foi embora, mais deprimido do que eu jamais vira o bom cavalheiro. Cerca de um mês mais tarde, visitou-nos novamente, e encontrou-nos ocupados quase que exatamente da mesma forma que antes. Pegou um cachimbo e uma poltrona, e iniciou uma conversa trivial. Finalmente, eu disse:

– Bem, mas G–, o que aconteceu com a carta roubada? Imagino que esteja finalmente convencido de que não há como superar o ministro?

– Que ele vá para o diabo, é o que eu digo. Sim, fiz uma nova busca, como sugerira Dupin... mas todo o trabalho foi em vão, como eu imaginara.

– De quanto o senhor disse que era a recompensa oferecida? – perguntou Dupin.

– Oras, uma quantia bem grande... uma soma bem generosa. Não quero dizer quanto, exatamente; mas digo uma coisa, eu daria de bom grado um cheque de 50 mil francos em meu próprio nome para qualquer um que me trouxesse aquela carta. O que acontece é que está ficando mais importante a cada dia, e a recompensa foi dobrada, há pouco tempo. Contudo, ainda que fosse triplicada, eu não poderia fazer mais do que já fiz.

– Bem, sim – disse Dupin, em tom arrastado, entre baforadas do cachimbo –, sou da opinião, de verdade, de que G– não se esforçou ao máximo quanto a esse assunto. Poderia... fazer um pouco mais, imagino, hein?

– Como? De que forma?

– Bem... puff, puff... você pode... puff, puff... empregar um conselheiro nessa questão, não? Puff, puff, puff. Lembra-se da historinha que contam sobre Abernethy?

– Não. Para o inferno com Abernethy!

– Claro! Para o inferno com ele, e que seja bem-vindo. Contudo, era uma vez um rico avarento, que teve a ideia de tirar vantagem do tal de Abernethy e conseguir dele sua opinião médica. Para tal fim, iniciou uma conversa trivial, em um evento particular, e insinuou seu caso para o médico, como se fosse o de um indivíduo imaginário. "Suponhamos", disse o avarento, "que os sintomas dele sejam assim e assado; agora, doutor, que curso o senhor recomendaria que ele siga?" "Que ele siga?", disse Abernethy, "oras, que ele siga conselhos, é claro".

– Mas – disse o delegado, um pouco desconcertado –, estou absolutamente disposto a seguir conselhos, e a pagar por eles. Daria, mesmo, 50 mil francos para qualquer pessoa que me auxiliasse nesse assunto.

– Nesse caso – respondeu Dupin, abrindo uma gaveta e tirando um talão de cheques –, pode preencher um cheque no valor mencionado agora mesmo. Após tê-lo assinado, darei a carta para o senhor.

Fiquei atônito. O delegado parecia ter sido atingido por um raio. Por alguns minutos, ficou mudo e imóvel, olhando incredulamente para meu amigo, com a boca aberta e olhos que pareciam saltar das órbitas; e então, aparentando ter se recuperado um pouco, pegou uma caneta e, após várias pausas e olhares vidrados, finalmente preencheu e assinou um cheque de 50 mil francos, e empurrou-o por sobre a mesa, na direção de Dupin. Este último examinou-o cuidadosamente e guardou-o em seu caderno de bolso; então, destrancando uma escrivaninha, tirou de lá uma carta e deu-a para o delegado. O policial agarrou-a, em um perfeito arroubo de alegria agoniada, abriu-a com as mãos tremendo, passou os olhos rapidamente por seu conteúdo e então, tropeçando e trombando com as coisas a caminho da porta, saiu correndo sem cerimônias, da sala e da casa, não tendo pronunciado uma única sílaba desde que Dupin pedira que preenchesse o cheque.

Após sua partida, meu amigo deu algumas explicações.

– A polícia parisiense – disse – é extremamente hábil, de sua própria maneira. É perseverante, engenhosa, astuta e absolutamente familiarizada com os conhecimentos principais que seus deveres exigem. Assim, quando G– detalhou o modo como fizera as buscas das instalações do Hotel D–, fiquei inteiramente convencido de que ele fizera uma investigação satisfatória... na medida de seus esforços.

– Na medida de seus esforços? – perguntei.

– Sim – respondeu Dupin. – As providências adotadas não só foram as melhores de seu tipo como também conduzidas com absoluta perfeição. Se a carta houvesse sido colocada dentro do escopo de sua busca, aqueles camaradas a teriam encontrado, sem dúvida.

Limitei-me a rir, mas ele parecia estar falando sério.

– As medidas, portanto – continuou –, eram de um tipo bom, e foram bem executadas; seu defeito devia-se ao fato de não serem aplicáveis ao caso e ao homem. Um determinado conjunto de recursos altamente engenhosos é, para o delegado, um tipo de cama de Procusto,[2] ao qual ele adapta seus desígnios à força. Mas erra perpetuamente, por ser profundo ou raso demais para o caso em questão, e muitos colegiais são melhores de raciocínio do que ele. Conheci um garoto de uns 8 anos de idade, cujo sucesso nas adivinhações da brincadeira de "par ou ímpar" atraía admiração universal. A brincadeira é simples, e jogada com bolinhas de gude. Um jogador segura uma certa quantidade delas, e pergunta ao outro se o

2 N. da T.: Metáfora que faz referência à mitologia grega, significando uma adaptação forçada a certos padrões preconcebidos.

número é par ou ímpar. Se o adivinhador acertar, ganha uma das bolinhas; se errar, perde uma. O menino a quem me refiro ganhou todas as bolinhas da escola. É claro que tinha algum princípio para adivinhar, que consistia na mera observação e análise da astúcia de seus oponentes. Por exemplo, se um grande tolo for seu oponente e, erguendo uma mão fechada, pergunta: "Par ou ímpar?", nosso garoto responde: "Ímpar", e perde; mas ganha na segunda tentativa, pois diz para si mesmo: "Aquele tolo tinha um número par de bolinhas, na primeira jogada, e sua astúcia só é suficiente para fazer com que tenha um número ímpar, na segunda; portanto, direi 'ímpar'". Ele diz que o número é ímpar e vence. Agora, com alguém ligeiramente menos tolo do que o primeiro, o raciocínio do menino seria o seguinte: "Esse camarada viu que, na primeira jogada, chutei que o número era par, e na segunda proporá a si mesmo, com seu primeiro impulso, uma simples variação, de par para ímpar, como fez o primeiro tolo; mas então um segundo pensamento sugerirá que essa variação é simples demais, de modo que finalmente decidirá colocar um número par, como antes. Portanto, direi 'ímpar'. Ele diz que o número é ímpar, e vence. Assim, do que se trata, em última instância, esse raciocínio do colegial, que seus colegas de classe chamavam de "sorte"?

– É apenas uma identificação do intelecto do pensador com o de seu oponente – respondi.

– Isso mesmo – disse Dupin – e, ao perguntar para o garoto que meios usou para fazer uma identificação completa, que o levou ao sucesso, recebi a seguinte resposta: "Quando quero descobrir o quão sábio ou o quão estúpido, bom ou mau é alguém ou quais são seus pensamentos naquele momento, imito com meu próprio rosto, com o máximo de precisão possível, a expressão do rosto da outra pessoa, e então espero para ver que pensamentos ou sentimentos surgem em minha mente ou em meu coração, para compará-los ou correspondê-los com a expressão". Essa resposta do colegial é o fundamento de toda a profundidade espúria atribuída a Rochefoucault, La Bougive, Maquiavel e Campanella.

– E a identificação do intelecto do pensador com o de seu oponente depende, se é que estou entendendo direito, da precisão com que o intelecto do oponente é analisado.

– Para seu valor prático, depende disso – respondeu Dupin. – E o delegado e seus colegas fracassam com tanta frequência, em primeiro lugar, por deixar de fazer essa identificação e, em segundo, devido à pouca precisão, ou, na verdade, falta de precisão, na análise do intelecto com o qual estão em embate. Só levam em consideração suas próprias ideias de engenhosidade; e, ao buscar alguma coisa escondida, recorrem apenas aos modos que eles mesmos teriam usado para escondê-la. Estão certos quanto a isso: o fato de sua engenhosidade ser uma representação fiel daquela das massas; porém, quando a astúcia do criminoso individual é diferente da sua, o criminoso os derrota, é claro. Isso sempre acontece quando a do criminoso for maior do que a sua, e com bastante frequência quando é menor. Não variam os princípios de suas investigações; no máximo, quando instados por alguma emergência incomum – como uma recompensa extraordinária –, estendem ou exageram seus antigos métodos, sem mexer em seus princípios. O que, por exemplo, foi feito no caso de D–, para variar o princípio da ação? O que são todas essas análises, explorações, sondagens e exames com o microscópio, e divisão da superfície do prédio em centímetros quadrados registrados... o que é tudo isso, senão uma extrapolação da aplicação do princípio, ou conjunto de princípios, da busca, que baseiam-se naquele grupo de noções sobre a engenhosidade humana com o qual o delegado, na longa rotina de seus deveres, está acostumado? Não vê que ele presumiu que todos os homens tentam esconder uma carta, não exatamente em um buraco de furadeira na perna de uma cadeira, mas, pelo menos, em algum furo em um canto, sugerido pelo mesmo tipo de mentalidade que faria com que um homem escondesse uma carta num buraco de furadeira na perna de uma cadeira? E não vê, também, que esses recantos obscuros de ocultação só servem para ocasiões comuns, e seriam adotados por intelectos comuns; pois em todos os casos de ocultação, uma alienação do artigo a ser escondido, uma alienação dessa forma obscura, é logo de cara presumível e presumida, e assim sua descoberta depende não do acúmen, e sim do mero cuidado, paciência e determinação daqueles que procuram. E, quando o caso for importante – ou, o que é a mesma coisa aos olhos da polícia, quando a recompensa for significativa –, as qualidades em questão nunca falharam. Agora entenderá o que eu quis dizer ao sugerir que, se a carta roubada estivesse escondida em qualquer lugar, dentro dos limites do exame do delegado – em outras palavras, se o princípio de sua ocultação estivesse englobado pelos princípios do delegado –, sua descoberta teria sido completamente indubitável. Esse policial, contudo, esteve absolutamente confuso, e a fonte inicial de sua derrota foi a suposição de que o ministro é um tolo, por ter adquirido a reputação de ser um poeta. Todos os tolos são poetas, é o que o delegado pensa, e é culpado apenas de um *non distributio medii*[3] em inferir, daí, que todos os poetas são tolos.

– Mas é ele mesmo o poeta? – perguntei. – Sei que são dois irmãos, e ambos alcançaram uma reputação pelas letras. Acredito que o ministro tenha escrito eruditamente sobre cálculo diferencial. É um matemático, e não poeta.

– Você está enganado; conheço-o bem, e ele é as duas coisas. Como poeta e matemático, seu raciocínio deve ser bom; como mero matemático, não poderia ter raciocinado de forma alguma, e assim estaria à mercê do delegado.

– Você me surpreende – falei – com essas opiniões, que seriam contraditas pela voz do povo. Não pode querer desconsiderar uma ideia aceita há séculos. O raciocínio matemático é, há muito, considerado o raciocínio por excelência.

– *Il y a à parièr* – respondeu Dupin, citando Chamfort – *que toute idée pu-*

3 N. da T.: Termo médio não distribuído; falácia cometida quando o termo comum às duas premissas não está distribuído entre elas, de modo que as premissas sejam verdadeiras, mas a conclusão falsa.

blique, toute convention reçue est une sottise, car elle a convenue au plus grand nombre.[4] Admito que os matemáticos fizeram o que podiam para promulgar o erro popular ao qual você se refere, e que é, ainda assim, um erro, apesar de sua propagação como verdade. Com um artifício digno de uma causa melhor, por exemplo, imiscuíram o termo "análise" na aplicação da álgebra. Foram os franceses que deram origem a essa enganação específica; mas, se um termo tiver qualquer importância, se palavras obtêm qualquer valor de sua aplicabilidade, "análise" refere-se a "álgebra" tanto quanto, no latim, "*ambitus*" implica "ambição", "*religio*" "religião" ou "*homines honesti*" "um grupo de homens honrados".

– Vejo que tem uma contenda com alguns dos algebristas de Paris; mas prossiga.

– Contesto a disponibilidade, e portanto o valor, daquela razão cultivada de alguma forma que não seja a lógica abstrata. Contesto, em particular, a razão deduzida com base nos estudos matemáticos. A matemática é a ciência das formas e das quantidades; o raciocínio matemático é apenas a lógica aplicada à observação da forma e da quantidade. O grande erro é supor que até mesmo as verdades do que chamamos de álgebra pura são abstratas ou gerais. E esse erro é tão egrégio que fico atônito com a universalidade de sua aceitação. Axiomas matemáticos não são axiomas de verdade geral. O que é verdadeiro sobre a relação, sobre forma e quantidade, costuma ser totalmente falso no que tange à moral, por exemplo. Nesta última ciência, as partes juntas serem iguais ao todo é raramente inverídico. Também na química, o axioma falha. Na consideração do motivo, falha; pois dois motivos, cada um de um dado valor, não têm necessariamente um valor, quando unidos, igual à soma de seus valores separados. Há diversas outras verdades matemáticas que só são verdadeiras dentro dos limites da relação. Mas o matemático argumenta, com base em suas verdades finitas, através do hábito, como se tivessem uma aplicabilidade absolutamente geral, como o mundo realmente imagina que sejam.

---

4 N. da T.: "Pode apostar que todas as ideias e convenções amplamente aceitas são absurdas, porque são convenientes para a maioria".

Bryant, em sua obra erudita *Mitologia*, menciona uma fonte semelhante de erro, ao dizer que, "apesar de não podermos acreditar nas fábulas pagãs, esquecemos disso o tempo todo, e inferimos realidades com base nelas". Contudo, os algebristas, que também são pagãos, acreditam nas "fábulas pagãs" e fazem inferências, nem tanto devido a um lapso de memória, e mais por uma confusão inexplicável de sua mente. Em resumo, nunca encontrei um matemático que fosse confiável quanto a assuntos que não raízes e equações ou que não considerasse um artigo de fé, em segredo, que $x^2 + px$ é absoluta e incondicionalmente igual a q. Diga a um desses cavalheiros, para experimentar, se quiser, que acredita que pode haver ocasiões em que $x^2 + px$ não é inteiramente igual a q, e após fazê-lo entender o que quer dizer saia de seu alcance o mais rápido que puder, pois ele, sem dúvida, tentará nocauteá-lo.

– O que quero dizer – continuou Dupin, enquanto eu apenas ria de suas últimas observações – é que se o ministro fosse apenas um matemático, o delegado não teria precisado dar-me este cheque. Sei, contudo, que é matemático e poeta, e minhas medidas foram adaptadas à sua capacidade, fazendo referência às circunstâncias que o rodeavam. Também sabia que é um cortesão, e um ousado criador de intrigas. Um homem desse tipo, considerei, não poderia deixar de estar ciente dos métodos policiais comuns. Não pode ter deixado de prever, como os acontecimentos provam que não deixou, as emboscadas às quais estaria sujeito. Deve ter previsto, refleti, as buscas secretas de seus aposentos. Sua ausência noturna frequente, que o delegado considerou um auxílio para seu sucesso, classifiquei como mero subterfúgio, para dar à polícia a oportunidade de fazer uma varredura completa e, assim, fazer com que acreditassem, o mais rápido possível, que a carta não estava ali, como G– de fato acreditou. Também achei que todo o encadeamento de ideias que acabei de detalhar, sobre o princípio invariável do método policial em buscas de artigos ocultos, necessariamente passaria pela cabeça do ministro. Faria, imperativamente, com que ele desprezasse todos os cantos comuns onde se pode esconder algo. Refleti que ele não seria tolo o suficiente para ignorar que o canto mais abstruso e remoto de seu hotel estaria tão acessível quanto o mais comum dos armários para os olhos, as sondas, as verrumas e os microscópios do delegado. Percebi que ele acabaria sendo levado a recorrer à simplicidade, se é que não seria deliberadamente induzido a tanto por escolha própria. Talvez se lembre da risada desesperada do delegado quando sugeri, em nossa primeira conversa, que seria possível que esse mistério o confundisse tanto, justamente pelo fato de ser tão óbvio.

– Sim – respondi –, lembro-me muito bem de como ele achou graça. Cheguei a pensar que teria uma convulsão.

– O mundo material – continuou Dupin – está cheio de analogias bastante estritas ao imaterial; e, assim, um toque de verdade é dado ao dogma retórico, pois a metáfora ou a símile podem ser usadas para fortalecer um argumento, assim como para rebuscar uma descrição. O princípio de *vis inertiae*, por exemplo, parece ser idêntico na física e na metafísica. O fato de que um grande corpo é movimentado com mais dificuldade do que um pequeno, e que seu movimento subsequente é comensurável à sua dificuldade, não é mais verdadeiro naquela primeira do que é verdadeiro, nesta última, o fato de que intelectos com maior capacidade, apesar de mais forçosos e mais constantes, são movidos com menos facilidade, e mais embaraçados e cheios de hesitação nos primeiros passos de seu progresso. Novamente: já reparou quais placas de lojas chamam mais atenção?

– Nunca pensei nesse assunto – respondi.

– Existe uma brincadeira de adivinhação – continuou –, feita com um mapa. Um dos jogadores pede ao outro que descubra uma dada palavra; o nome de uma cidade, de um rio, de um país ou de um império. Qualquer palavra, em resumo, em meio à variegada e complicada superfície da carta. Um novato costuma tentar confundir seu oponente, escolhendo os nomes escritos com as menores letras, mas o adepto escolhe as palavras que se estendem, em caracteres grandes, de uma ponta do mapa a outra. Estas, como as placas e os cartazes com letras grandes demais, escapam à observação por serem excessivamente óbvios; e, aqui, o lapso físico é análogo ao descuido moral que faz com que o intelecto deixe passar despercebidas as considerações que sejam indiscretas demais, e palpavelmente evidentes. Mas parece que essa é uma questão além ou aquém da compreensão do delegado. Ele nunca considerou provável ou possível o ministro ter colocado a carta bem debaixo do nariz do mundo todo, como a melhor forma de impedir que a maior parte do mundo reparasse nela.

Mas quanto mais refleti sobre a engenhosidade ousada, arrojada e perspicaz de D–, sobre o fato de que o documento precisava estar sempre à mão, se ele precisasse usá-lo para fins práticos, e sobre as provas decisivas, obtidas pelo delegado, de que não estava escondido dentro dos limites das buscas comuns daquele dignitário, mais convencido fiquei de que, para ocultar sua carta, o ministro recorrera à medida abrangente e sagaz de não tentar escondê-la de modo algum.

Cheio dessas ideias, preparei-me com um par de óculos verdes, e apareci uma bela manhã, acidentalmente, no hotel ministerial. Encontrei D– em casa, bocejando, reclinado e matando tempo, como de costume, fingindo estar extremamente entediado. Ele é, talvez, o ser humano mais cheio de energia do mundo; mas só quando ninguém o está vendo.

Para igualar-me a ele, reclamei de minha vista fraca, e lamentei a necessidade de usar óculos, sob a proteção dos quais examinei, cuidadosa e meticulosamente, o apartamento inteiro, enquanto aparentava prestar atenção apenas à conversa de meu anfitrião.

Prestei atenção especial a uma grande escrivaninha, perto da qual ele estava sentado, e sobre a qual estavam espalhadas algumas cartas sortidas e outros papéis, junto com uns dois instrumentos musicais e alguns livros. Contudo, não vi nada, ali, após um escrutínio longo e deliberado, que despertasse alguma suspeita específica.

Finalmente, meu olhar, percorrendo o cômodo, pousou sobre um porta-cartões de filigrana barato, feito de papelão, pendurado por uma fita azul encardida, em um gancho de latão logo abaixo do meio da cornija da lareira. Naquele porta-cartões, que tinha três ou quatro compartimentos, estavam cinco ou seis cartões de visita e uma única carta. Esta última estava bem suja e amassada. Estava rasgada quase em duas partes, bem no meio; como se o primeiro impulso de rasgá-la por completo houvesse sido resistido ou modificado posteriormente. Tinha um grande carimbo preto, com a inicial D– bem óbvia, e havia sido endereçada, em uma letra feminina, bem pequena, para o próprio D–, o ministro. Havia sido enfiada de forma descuidada, e até mesmo, pelo que parecia, com raiva, em uma das divisões superiores do porta-cartões.

Assim que avistei aquela carta, concluí que era a que buscava. É claro que aparentava ser radicalmente diferente da que o delegado descrevera para nós com tantos detalhes. Ali, o carimbo era grande e preto, com a inicial de D–; na descrição, era pequeno e vermelho, com o brasão ducal da família S–. Ali, havia sido endereçada para o ministro, em uma letra pequena e feminina; na descrição, o endereço, de um certo figurão nobre, era notavelmente ousado e decidido. Apenas o tamanho correspondia. Porém, a radicalidade de tais diferenças era excessiva; a sujeira, o estado encardido e rasgado do papel, tão inconsistentes com os verdadeiros hábitos metódicos de D–, sugeriam a intenção de iludir o espectador, com a ideia de que o documento não valia nada. Tudo isso, em conjunto com a localização excessivamente óbvia do documento, plenamente visível por qualquer visitante e, portanto, exatamente de acordo com as conclusões a que eu já chegara, corroborava fortemente a suspeita daquele que fora até lá com a intenção de suspeitar.

Alonguei a visita o máximo que pude, e enquanto sustentava uma discussão muito animada com o ministro, sobre um assunto que sabia que sempre despertava seu interesse, mantive minha atenção sobre a carta. Enquanto a examinava, guardei na memória sua aparência externa e sua posição sobre o porta-cartões; e acabei fazendo uma descoberta que pôs fim a qualquer dúvida trivial que eu ainda poderia ter. Ao analisar as bordas do papel, percebi que estavam mais puídas do que parecia necessário.

Tinham uma aparência quebrada, que ocorre quando um papel duro, após ser dobrado e apertado com um peso, é vincado novamente na direção contrária, sobre as mesmas dobras ou linhas que formavam o vinco original. Essa descoberta foi suficiente. Estava claro para mim que a carta fora virada de dentro para fora, como uma luva, recebera um novo endereço e um novo carimbo. Desejei bom-dia ao ministro e parti imediatamente, deixando uma caixa de rapé dourada sobre a mesa.

Na manhã seguinte, apareci para perguntar da caixa de rapé, e retomamos avidamente a conversa do dia anterior. Contudo, enquanto estávamos com isso ocupados, um barulho alto, como o de uma pistola, foi ouvido logo abaixo das janelas do hotel, seguido de uma série de gritos medonhos e exclamações de uma multidão aterrorizada. D– correu para a janela, abriu-a rapidamente e olhou para fora. Enquanto isso, fui até o porta-cartões, peguei a carta, coloquei-a no bolso e substituí-a por uma cópia (no que tange às características externas), que havia preparado cuidadosamente em meus aposentos, imitando o selo com a inicial de D– facilmente, com um carimbo feito de pão.

O alvoroço na rua fora causado pelo ato louco de um homem com um mosquete. Ele disparara a arma em meio a uma multidão de mulheres e crianças. Contudo, descobriu-se que a arma estava descarregada, e o homem pôde seguir seu caminho como louco ou bêbado. Após sua partida, D– afastou-se da janela, aonde eu o seguira imediatamente após colocar o objeto à vista. Logo depois disso, despedi-me. O homem que fingira ser louco fora contratado por mim.

– Mas qual era seu objetivo – perguntei –, ao substituir a carta por uma cópia? Não teria sido melhor, durante a primeira visita, pegá-la abertamente e sair?

– D– é um homem desesperado – respondeu Dupin – e corajoso. Em seu hotel, também, não faltam atendentes dedicados aos seus interesses. Se eu houvesse tentado cometer o ato ousado que você sugere, poderia não ter saído vivo da presença do ministro. O bom povo de Paris poderia nunca mais ter ouvido falar de mim. Mas tinha outro objetivo, além dessas considerações. Você conhece minhas propensões políticas. Nessa questão, agi como partidário da dama envolvida. Por 18 meses, ela esteve sob o jugo do ministro. Agora, ela o tem sob o dela, visto que, ignorando o fato de que a carta não está mais sob sua posse, ele continuará agindo como se estivesse. Assim, se comprometerá inevitavelmente com sua própria destruição política. Sua queda também será tão precipitada quanto embaraçosa. É muito fácil falar sobre *facilis descensus Averno*;[5] mas, em todos os tipos de escalada, como Catalani disse sobre o cantar, é muito mais fácil subir do que descer. Nesse caso, não tenho qualquer simpatia, pelo menos não sinto pena, daquele que desce. Ele é um *monstrum horrendum*, um homem genial e sem princípios. Confesso, entretanto, que gostaria muito de saber exatamente o que passará por sua mente, quando, desafiado pela dama que o delegado chama de "uma certa figura importante", for obrigado a abrir a carta que deixei para ele no porta-cartões.

– Por quê? Colocou algo de particular no envelope?

– Oras, não pareceu-me certo deixá-lo vazio, teria sido insultuoso. Uma vez, em Viena, D– cometeu uma maldade comigo, da qual disse a ele, em tom de brincadeira, que me lembraria. Assim, como sei que ele ficaria curioso para conhecer a identidade da pessoa que o superara, achei que seria uma pena não deixar uma pista. Ele conhece bem a minha letra, de modo que escrevi, no centro de uma folha em branco, as palavras:

"Un dessein si funeste, S'il n'est digne d'Atrée, est digne de Thyeste." [6] Foram tiradas do *Atrée de Crebillon.*

---

5 N. da T.: "É fácil descer até o Averno"; metonímia que se refere ao subterrâneo, ou seja, ao inferno.

6 N. da T.: "Um desígnio tão funesto, se não for digno de Atreu, é digno de Tiestes"; referência ao mito grego dos dois irmãos, em que o primeiro descobre que o segundo estava tendo um caso com sua esposa, e vinga-se servindo a ele a carne de seus próprios filhos.

O Milésimo Segundo Conto de Sherazade

A verdade é mais estranha do que a ficção
Provérbio antigo

Após ter a oportunidade, recentemente, durante certos estudos da cultura oriental, de consultar o *Tellmenow Isitsoornot*,[1] obra que (como o *Zohar*, de Shimon bar Yochai) é quase desconhecida, mesmo na Europa, e que nunca foi citada, até onde sei, por nenhum americano, com exceção, talvez, do autor de *Curiosidades da Literatura Americana*... como ia dizendo, após ter a oportunidade de folhear algumas páginas da notável obra mencionada acima, fiquei muito surpreso ao descobrir que o mundo da literatura tem, até agora, se enganado em relação ao destino da filha do vizir, Sherazade, como retratado em *As Mil e Uma Noites*, e que o desfecho ali relatado, ainda que não seja de todo impreciso, é no mínimo culpado pela história não ter se espalhado mais.

Para obter todas as informações sobre esse tópico interessante, devo recomendar ao leitor curioso que use o próprio *Isitsoornot*, mas, enquanto isso, peço que me perdoe por fazer um resumo do que descobri ali.

Imagino que se lembre de que, na versão costumeira do conto, um certo monarca, com bons motivos para ter ciúme de sua rainha, não só ordena sua morte como também faz um voto, pelas barbas do profeta e suas próprias, de que irá esposar, a cada noite, a mais linda donzela de seu reino, e a entregará para o carrasco na manhã seguinte.

Após cumprir fielmente a promessa, durante vários anos, e com pontualidade e método religiosos, que comprovavam que era um homem de sentimentos devotos e excelente senso, foi interrompido, uma tarde (sem dúvida enquanto rezava), por uma visita de seu grão-vizir, cuja filha aparentemente havia tido uma ideia.

Seu nome era Sherazade, e sua ideia era resgatar o reino do tributo des-

1 N. da T.: Livro inventado por Poe, como uma brincadeira; é um amálgama das palavras, em inglês, que significa "Conte-me agora, é verdade ou não".

povoador ou morrer tentando, à moda de todas as heroínas.

Dessa forma, e apesar de não ser um ano bissexto (o que torna seu sacrifício mais meritório), encarrega seu pai, o grão-vizir, de oferecer sua mão ao rei. O rei a aceita avidamente (pretendia tomá-la em casamento de qualquer forma, e só adiara por medo do vizir), mas, ao fazê-lo, deixa bem claro a todos os envolvidos que, com ou sem o grão-vizir, ele não tem a menor intenção de abrir mão de seu voto ou de seus privilégios. Portanto, quando a bela Sherazade insistiu em casar-se com o rei, e realmente casou-se, apesar do excelente conselho de seu pai, para que não fizesse nada do tipo, quando decidiu-se por fazê-lo e realmente o fez, como eu dizia, foi com seus lindos olhos negros tão abertos quanto a natureza do assunto permitia.

Parece, contudo, que aquela donzela política (que, sem dúvida, andara lendo Maquiavel) tinha uma ideiazinha bastante engenhosa em mente. Na noite de núpcias, conseguiu, usando não me lembro qual desculpa, com que sua irmã ocupasse um sofá suficientemente próximo do casal real, para permitir que conversassem entre elas; e, um pouco antes do cantar do galo, tratou de acordar o bom monarca, seu marido (que não ficou chateado com ela, por pretender pendurá-la pelo pescoço ao raiar do dia), conseguiu acordá-lo, como eu dizia (apesar do fato de ele dormir muito bem, devido à sua consciência limpa e uma boa digestão), pelo profundo interesse de uma história (sobre um rato e um gato preto, acho) que estava narrando (em sussurros, é claro) para a irmã. Quando o dia nasceu, aconteceu de a história não estar acabada, e Sherazade, devido à natureza das coisas, não pôde terminá-la naquele exato momento, pois já era hora de se levantar e ser enforcada com corda de arco – ligeiramente mais agradável do que a forca, e só um pouco mais elegante.

Contudo, a curiosidade do rei prevaleceu, sinto dizer, até mesmo sobre seus sólidos princípios religiosos, e fez com que ele, só daquela vez, adiasse o cumprimento de sua promessa até a manhã seguinte, com o objetivo e a esperança de ouvir, naquela noite, qual era o fim do gato preto (acho que era um gato preto) e do rato.

Após o cair da noite, entretanto, a donzela Sherazade não só arrematou a história do gato preto e do rato (o rato era azul) como também, antes de tomar ciência do que fazia, percebeu que estava em meio aos meandros de uma narrativa pertinente (se não me engano) a um cavalo rosa (com asas verdes), que se locomovia por um mecanismo de relojoaria, ao qual se dava corda com uma chave azul-anil. Por essa história, o rei ficou ainda mais profundamente interessado do que pela outra, e, visto que o sol raiou antes de sua conclusão (não obstante todos os esforços da rainha para terminá-la a tempo de ir ser enforcada), não houve o que fazer, novamente, a não ser adiar a cerimônia, como antes, por 24 horas. Na noite seguinte, houve um acidente semelhante, com o mesmo resultado; e na seguinte, e seguinte, e seguinte, de modo que, ao final, o bom monarca, tendo sido inevitavelmente privado de todas as oportunidades de cumprir sua promessa, por um período de nada mais, nada menos do que mil e uma noites, ou esquece do assunto completamente, ao final desse tempo, consegue uma absolvição de seu juramento do modo costumeiro, ou (o que é mais provável) quebra a promessa de uma vez, assim como a cabeça de seu padre confessor. De toda forma, Sherazade, que, descendendo diretamente de Eva, talvez tenha herdado as sete cestas da fala, que esta última, como todos sabemos, pegou debaixo das árvores do jardim do Éden; Sherazade, como eu dizia, finalmente triunfou, e o imposto sobre a beleza foi revogado.

Agora, esta conclusão (que é a da história que temos registrada) é, sem dúvida, demasiadamente comportada e agradável. Mas, infelizmente, como muitas coisas agradáveis, é mais agradável do que verdadeira, e serei eternamente grato ao *"Isitsoornot"* por permitir-me corrigir este erro. *"Le mieux"*, diz um provérbio francês, *"est l'ennemi du bien"*,[2] e ao mencionar que Sherazade herdou as sete cestas da fala deveria ter acrescentado que disponibilizou-as com juros compostos, até totalizarem 77.

"Minha querida irmã", disse ela, na milésima segunda noite (cito o linguajar do *"Isitsoornot"*, neste ponto, *in verbis*), "minha querida irmã", disse

2 N. da T.: "O melhor é o inimigo do bom".

ela, "agora que aquele probleminha com a corda de arco já passou, e aquele odioso imposto foi, felizmente, revogado, sinto que cometi uma terrível indiscrição, ao não contar, para você e para o rei (que ronca, sinto dizer, o que é algo que nenhum cavalheiro faria), a conclusão do conto de Simbad, o marujo. Esta pessoa teve muito mais aventuras do que as que relatei, e mais interessantes também; mas a verdade é que fiquei com sono na noite em que contei sua história, de modo que caí na tentação de interrompê-la, o que foi um comportamento terrível, pelo qual espero que Alá me perdoe. Mas ainda não é tarde demais para consertar minha horrível negligência, e assim que der um ou dois beliscões no rei, para acordá-lo e fazer com que pare de emitir esse barulho horrível, divertirei você (e ele também, se quiser) com a sequência dessa história notável.

Naquele ponto, a irmã de Sherazade, me contou o *"Isitsoornot"*, não expressou uma gratidão muito intensa, mas o rei, tendo sido suficientemente beliscado e finalmente parado de roncar, disse: "Hum!", e então "Hoo!", quando a rainha, entendendo que essas palavras (que estão, sem dúvida, em árabe) significavam que ele estava prestando a mais absoluta atenção, e faria o possível para não roncar mais; a rainha, como eu dizia, após arrumar as coisas a seu contento, imediatamente retomou a história de Simbad, o marujo:

– Eventualmente, em minha velhice – são as palavras do próprio Simbad, conforme relatadas por Sherazade – eventualmente, em minha velhice, e após aproveitar muitos anos de tranquilidade em casa, fui novamente tomado por um desejo de visitar países estrangeiros; e, um dia, sem informar ninguém de minha família sobre minha intenção, embalei algumas mercadorias, das mais preciosas e menos volumosas, e, contratando um carregador para as mesmas, desci com ele até o litoral, para esperar a chegada de qualquer embarcação que calhasse de aparecer e pudesse levar-me do reino para alguma região que eu ainda não houvesse explorado.

Após colocarmos os pacotes sobre a areia, sentamo-nos sob algumas árvores e olhamos para o oceano, na esperança de avistarmos um navio, mas não vimos nenhum, por várias horas. Finalmente, imaginei ouvir um zumbido ou murmúrio estranho, e o carregador, após escutar por um tempo, declarou que também distinguia. Depois, foi ficando mais alto, e ainda mais alto, até não termos dúvida de que o objeto que o emitia estava aproximando-se de nós. Finalmente, no limite do horizonte, discernimos um pontinho preto, que aumentou rapidamente, até percebermos que era um monstro gigantesco, nadando com uma grande parte de seu corpo acima da superfície do mar. Vinha em nossa direção com uma agilidade inconcebível, criando enormes ondas de espuma ao redor de seu peito, e iluminando a parte do oceano pela qual passava, com uma longa linha de fogo que estendia-se à distância.

Quando a coisa se aproximou, a vimos com bastante clareza. Seu comprimento era igual ao de três das mais altas árvores, e era tão larga quanto o grande salão de audiências de seu palácio, ó mais sublime e munificente dos califas. Seu corpo, que não se parecia com o dos peixes comuns, era sólido como uma rocha, e de um negrume absoluto em toda parte que flutuava acima do nível da água, exceto por uma listra vermelho-sangue que o circundava por completo. A barriga, que flutuava abaixo da superfície, e que só conseguíamos vislumbrar ocasionalmente, conforme o monstro subia e descia com as ondas, era inteiramente coberta por escamas metálicas, de uma cor como a da Lua em uma noite enevoada. Suas costas eram achatadas e quase brancas, e delas saíam seis espinhos, que mediam cerca de metade do comprimento do corpo todo.

A criatura horrível não tinha boca, pelo que podíamos perceber, mas, como que para compensar tal deficiência, era equipada com pelo menos 80 olhos, que projetavam-se das órbitas como os de uma libélula, dispostos ao redor do corpo em duas fileiras, uma acima da outra, e paralelas à listra vermelha, que parecia fazer as vezes de sobrancelha. Dois ou três daqueles olhos horríveis eram muito maiores do que os outros, e tinham a aparência de ouro sólido.

Apesar de a fera aproximar-se de nós, como já disse, com a maior rapidez, deveria estar se movendo por mágica, pois não tinha barbatanas, como um peixe, nem patas com membranas, como um pato, tampouco asas como as conchas que são levadas pelo vento, como uma embarcação; tampouco contorcia-se para a frente, como fazem as enguias. Sua cabeça e sua cauda tinham exatamente a mesma forma, só que, não muito longe desta última, havia dois pequenos buracos que serviam de narinas, e pelos quais o monstro exalava sua respiração com uma violência prodigiosa, e com um barulho estridente e desagradável.

O terror que sentimos ao ver aquela coisa horrenda foi imenso, mas ainda maior foi nosso espanto, quando, ao olharmos mais de perto, percebemos, nas costas da criatura, uma vasta quantidade de animais, mais ou menos do tamanho e do formato de homens, semelhantes a eles, no geral, só que não usavam vestes (como fazem os homens), equipados (pela natureza, sem dúvida) com uma cobertura feia e desconfortável, bem parecida com tecido, mas tão justa sobre a pele, que fazia com que os coitados ficassem risivelmente desajeitados, aparentando sentir muita dor. Sobre a cabeça traziam umas caixas quadradas, que, à primeira vista, pensei que faziam as vezes de turbantes, mas logo descobri que eram pesadas e sólidas demais, concluindo que eram invenções projetadas para, com seu grande peso, manter a cabeça dos animais reta e segura sobre os ombros. Coleiras pretas (marcas de servidão, sem dúvida) estavam amarradas ao redor do pescoço das criaturas, como as que colocamos em nossos cachorros, só que muito mais largas, e infinitamente mais duras, de modo que era impossível para essas pobres vítimas mexerem a cabeça em qualquer direção, sem mover o corpo ao mesmo tempo; e, assim, estavam condenadas a uma contemplação perpétua de seu nariz, uma vista achatada e larga, a um nível incrível, se não positivamente horrível.

Quando o monstro já estava quase na praia, onde nos encontrávamos, esticou um de seus grandes olhos para fora de repente, e soltou, através dele, um terrível jorro de chamas, acompanhado por uma densa nuvem de fumaça e um barulho que só posso comparar com um trovão. Conforme a fumaça se dissipava, vimos um dos estranhos animais, semelhantes a homens, parado de pé perto da cabeça da grande fera, com um trompete nas mãos, através do qual (levando-o à boca) dirigiu-se a nós em tons altos, ásperos e desagradáveis, que talvez houvéssemos confundido com palavras, se não tivessem saído pelo nariz.

Ao ser evidentemente interpelado, fiquei sem saber como responder, já que não conseguia, de forma alguma, entender o que fora dito; e, com esta dificuldade, virei-me para o carregador, que estava quase desmaiando de medo, e pedi sua opinião sobre que tipo de monstro seria aquele, o que ele queria e que criaturas eram aquelas, que enxameavam em suas costas. O carregador respondeu, da melhor forma que pôde, devido à sua trepidação, que já ouvira falar daquela fera marinha; que era um demônio cruel, com entranhas de enxofre e sangue de fogo, criado por gênios malignos como um meio de infligir dor à humanidade; que as coisas sobre suas costas eram vermes, como aqueles que às vezes infestam gatos e cachorros, só que um pouco maiores e mais selvagens; e que esses vermes tinham sua utilidade, ainda que malévola, pois, através da tortura que causavam à fera, com suas mordidas e picadas, esta era provocada até chegar ao nível de raiva necessário para fazer com que rugisse e cometesse crueldades, e assim cumprir os desígnios vingativos e maliciosos dos gênios perversos.

Esse relato fez com que eu me decidisse por fugir, e, sem olhar para trás nenhuma vez, corri o mais rápido que pude para as colinas, enquanto o carregador corria igualmente rápido, apesar de fazê-lo em uma direção quase oposta, de modo que, assim, finalmente escapou com minhas mercadorias, das quais não tenho dúvida de que cuidou muito bem; apesar de ser algo que não consigo confirmar, pois, pelo que me lembro, nunca mais o vi.

Quanto a mim, estava sendo perseguido tão de perto por um enxame dos homens-vermes (que haviam chegado à praia em botes), que logo fui alcançado, amarrado pelos pés e pelas mãos, e levado até a fera, que imediatamente nadou de volta para o meio do oceano.

Naquele momento, arrependi-me amargamente de minha loucura, por deixar meu lar confortável e arriscar a vida em aventuras como aquela; porém, como o arrependimento não serve para nada, fiz o melhor que pude sob aquelas circunstâncias, e esforcei-me para conquistar a boa vontade do homem-animal que tinha o trompete, e que parecia ter autoridade sobre seus companheiros. Fui tão bem-sucedido que, dentro de alguns dias, a criatura me presenteara com diversas demonstrações de seu afeto, até mesmo chegando a ponto de ensinar-me o básico daquilo que sua vaidade fazia com que chamasse de seu idioma, de modo que finalmente consegui conversar com ela prontamente, e fazê-la compreender meu ardente desejo de ver o mundo.

– *Vish-vish, guincho-guincho, Simbad, fiu-fiu, grunhe-grunhe, sibilo, grrrr, pss-ss* – disse a criatura para mim, um dia, após o jantar; mas peço perdão, havia esquecido de que sua majestade não compreende o dialeto dos *Cock-neighs* [3] (que era como os homens-animais chamavam a si mesmos; imagino que devido ao fato de que seu idioma formava uma conexão entre o do cavalo e o do galo). Com sua permissão, traduzirei. "Guincho, psss", e etc., significam: "Fico feliz em descobrir, meu caro Simbad, que é um camarada excelente; estamos no meio de algo que chamamos de circunavegar o globo, e, já que quer tanto ver o mundo, abrirei uma exceção e te darei um lugar gratuito nas costas da fera.

Quando a dama Sherazade chegara a este ponto, conta o *"Isitsoornot"*, o rei virou do lado esquerdo para o direito e disse:

– É muito surpreendente, minha cara rainha, o fato de que omitiu até agora estas últimas aventuras de Simbad. Sabia que as considero extremamente divertidas e estranhas?

Após o rei se manifestar dessa forma, nos é dito, a bela Sherazade retomou a história com as seguintes palavras:

---

3 N. da T.: Trocadilho com *"cockney"*, termo que se refere aos nativos de uma certa parte de Londres e seu dialeto, que inclui a tradição de criar gírias através de rimas.

– Simbad prosseguiu com sua narrativa para o califa conforme segue: "Agradeci o homem-animal por sua gentileza, e logo me senti em casa sobre a fera, que nadava a uma velocidade enorme pelo oceano, apesar de a superfície deste último não ser, naquela parte do mundo, de forma alguma plana, e sim redonda como uma romã, de modo que subíamos, por assim dizer, ou descíamos o tempo todo.

– Isso é bastante singular, em minha opinião – interrompeu o rei.

– Ainda assim, é a mais pura verdade – respondeu Sherazade.

– Tenho minhas dúvidas – retrucou o rei –, mas faça a gentileza de continuar a história.

– Farei isso – disse a rainha. – "A fera", continuou Simbad para o califa, "nadava, como disse, subindo e descendo, até que, finalmente, chegamos em uma ilha, com uma circunferência de centenas de quilômetros, mas que, ainda assim, havia sido construída no meio do mar, por uma colônia de coisinhas pequenas, parecidas com lagartas.

– Hmm! – disse o rei.

– Ao partirmos daquela ilha – disse Simbad (pois pode-se presumir que Sherazade não prestou a menor atenção na interrupção rude de seu marido –, ao partirmos daquela ilha, chegamos em outra, onde as florestas eram de rocha sólida, e tão duras que fizeram em pedacinhos os machados mais afiados com os quais tentamos cortá-las.

– Hmm! – disse o rei, novamente, mas Sherazade, sem dar-lhe atenção, continuou falando como Simbad.

– Ao passarmos daquela ilha, chegamos a uma região onde havia uma caverna, que descia uns 50 ou 60 quilômetros para as entranhas da terra, e que continha muito mais palácios, ainda mais espaçosos e magníficos do que os que podemos encontrar em toda a Damasco ou Bagdá. Dos tetos daqueles palácios pendiam inúmeras pedras preciosas, como diamantes, mas maiores do que um homem; e, entre as ruas cheias de torres, pirâmides e templos, fluíam rios imensos, pretos como o ébano, abundantes de peixes sem olhos.

– Hmm! – disse o rei.

– Nadamos, então, para uma parte do mar onde encontramos uma alta montanha, por cujas laterais desciam torrentes de metal derretido, algumas das quais tinham 20 quilômetros de largura e 100 de comprimento; enquanto que, de um abismo no cume, saía uma quantidade tão vasta de cinzas, que o Sol desaparecia por completo do céu, e ficava tudo tão escuro como se fosse meia-noite, de forma que, apesar de estarmos a 250 quilômetros de distância da montanha, era impossível enxergar o objeto mais claro, por mais perto de nossos olhos que o segurássemos.

– Hmm! – disse o rei.

– Após sairmos daquela costa, a fera continuou sua viagem, até chegarmos em uma terra onde a natureza das coisas parecia invertida, pois lá vimos um grande lago, no fundo do qual, a mais de 30 metros abaixo da superfície da água, florescia uma floresta verdejante, de árvores altas e luxuriantes.

– Opa! – disse o rei.

– Uns 160 quilômetros mais para a frente nos levaram a um clima onde a atmosfera era tão densa, que podia sustentar ferro ou aço, assim como a nossa faz com uma pena.

– Puxa vida – disse o rei.

– Continuando na mesma direção, chegamos à mais magnífica região do mundo todo. Era cortada por um rio glorioso, que percorria milhares de quilômetros. Esse rio tinha uma profundidade incrível, e sua transparência era mais rica do que o âmbar. Tinha cerca de 5 a 10 quilômetros de largura, e suas margens, que erguiam-se de cada lado a aproximadamente 350 metros na perpendicular, eram coroadas por árvores de floração perene, e flores perpétuas de perfume adocicado, que transformavam o território inteiro em um maravilhoso jardim. Mas o nome daquela terra exuberante era Reino do Horror, e entrar nela significava morte certa.

– Hunf! – disse o rei.

– Partimos daquele reino com muita pressa, e alguns dias depois chegamos em outro, onde ficamos atônitos ao ver uma miríade de animais monstruosos, com chifres que pareciam foices em sua cabeça. Aquelas feras horrendas cavam enormes cavernas no solo, em formato de funil, e forram as laterais das mesmas com pedras, colocadas umas sobre as outras, de modo que caíam instantaneamente ao serem pisadas por outros animais, jogando-os, assim, para dentro dos covis dos monstros, onde seu sangue era imediatamente sugado, e sua carcaça arremessada desdenhosamente a uma imensa distância das "cavernas da morte".

– Oras! – disse o rei.

– Continuando nosso progresso, nos deparamos com um distrito onde legumes não cresciam sobre o solo, e sim no ar. Havia outros, que brotavam da substância de outros legumes; outros que derivavam sua substância dos corpos de animais; e também outros que reluziam com um fogo intenso; outros que iam de um lugar para o outro, conforme queriam; e, ainda mais maravilhoso, descobrimos flores que moviam-se e respiravam, mexendo seus membros da forma que queriam, e que tinham, ademais, o desejo detestável, que a humanidade também tem, de escravizar outras criaturas e confiná-las em prisões horrendas e solitárias, até o cumprimento das tarefas designadas.

– Pfft! – disse o rei.

– Ao sairmos daquele local, logo chegamos em outro, onde as abelhas e os pássaros eram matemáticos tão geniais e eruditos, que davam aulas diárias sobre a ciência da geometria aos homens sábios do império. Quando o rei daquele lugar ofereceu uma recompensa pela solução de dois problemas muito difíceis, foram resolvidos na mesma hora: um pelas abelhas, e o outro pelos pássaros. Porém, devido ao fato de o rei ter mantido as soluções em segredo, foi somente depois de profundas pesquisas e muito esforço, e a escrita de uma infinidade de enormes livros, durante longos anos, que os matemáticos humanos finalmente chegaram a soluções idênticas às que haviam sido dadas logo de cara pelas abelhas e pelos pássaros.

– Nossa! – disse o rei.

– Mal havíamos perdido aquele reino de vista, quando nos descobrimos perto de outro, de cujo litoral voava, sobre nossa cabeça, uma revoada de pássaros com envergadura de 1,5 quilômetro e comprimento de 390 quilômetros, de modo que, apesar de voarem a 1,5 quilômetro por minuto, levava no mínimo quatro horas para o bando todo passar por nós, e o grupo era formado por vários milhões de pássaros.

– Ora, vamos! – disse o rei.

– Assim que nos livramos dos pássaros, que nos causaram muita inconveniência, fomos aterrorizados pela aparição de outro tipo de ave, infinitamente maior do que os rocas[4] que eu havia encontrado em minhas antigas viagens, pois era maior do que a maior das cúpulas de seu harém, ó munificente califa. Aquele pássaro terrível não tinha cabeça, pelo que podíamos observar, e era composto inteiramente de uma barriga, prodigiosamente gorda e redonda, feita de uma substância aparentemente macia, lisa, brilhante e com listras de várias cores. Em suas garras, o monstro carregava, para seu ninho nos céus, uma casa, cujo telhado arrancara e dentro da qual víamos, com clareza, seres humanos que sem dúvida estavam em um es-

4 N. da T.: Ave fictícia, mencionada na história original de Simbad.

tado de horrível desespero, devido ao destino que os aguardava. Gritamos com toda a nossa força, na esperança de fazer com que a ave soltasse sua presa, mas ela apenas bufou com raiva e deixou cair, sobre a nossa cabeça, um saco pesado, que descobrimos estar cheio de areia!

– Até parece! – disse o rei.

– Foi logo após essa aventura que encontramos um continente de imensa extensão, e prodigiosa solidez, mas que, ainda assim, estava apoiado inteiramente sobre as costas de uma vaca azul-celeste, que tinha nada mais, nada menos do que 400 chifres.

– Nisso acredito – disse o rei –, porque já li algo do tipo em um livro.

– Passamos bem por baixo daquele continente (nadando entre as pernas da vaca) e, após algumas horas, chegamos a uma região verdadeiramente maravilhosa, que o homem-animal me disse ser sua terra natal, habitada por coisas de sua própria espécie. Isso elevou muito minha estima pelo homem-animal; na verdade, comecei a sentir vergonha da familiaridade desdenhosa com a qual eu o tratara, pois descobri que os homens-animais, no geral, formavam uma nação de mágicos extremamente poderosos, que viviam com vermes em seu cérebro, os quais, sem dúvida, serviam para estimulá-los, com suas contorções e ondulações dolorosas, a fazer os maiores esforços de imaginação!

– Que absurdo! – disse o rei.

– Entre os mágicos havia vários animais domesticados, de tipos muito singulares; por exemplo, havia um enorme cavalo, cujos ossos eram feitos de ferro e cujo sangue era água fervente. Em vez de milho, sua comida costumeira eram pedras pretas; ainda assim, apesar de uma dieta tão dura, ele era tão forte e rápido, que conseguia arrastar uma carga mais pesada do que o maior templo daquela cidade, a uma velocidade que superava o voo da maioria dos pássaros.

– Besteira! – disse o rei.

– Também vi, entre aquelas pessoas, uma galinha sem penas, mas maior do que um camelo; em vez de carne e ossos, tinha ferro e tijolos; seu sangue, como o do cavalo (do qual, na verdade, ela era parente próxima), era água fervente; e, como ele, ela não comia nada além de madeira ou pedras pretas. Aquela galinha dava à luz centenas de pintinhos a cada dia; e, após nascerem, moravam várias semanas dentro da barriga da mãe.

– Ah, claro! – disse o rei.

– Um membro daquela nação de poderosos magos criara um homem a partir de latão, madeira e couro, e concedera-lhe tamanha engenhosidade, que teria vencido no xadrez toda a raça humana, exceto o grande califa, Haroun Alraschid. Outro daqueles feiticeiros construiu (com materiais parecidos) uma criatura que superava até mesmo o gênio daquele que a inventara, pois seus poderes de raciocínio eram tão grandes, que, dentro de um segundo, fazia cálculos tão vastos, que precisariam dos esforços conjuntos de 50 mil homens, durante um ano. Mas um mágico ainda mais incrível criou para si uma coisa poderosa, que não era nem humana, nem fera, mas que tinha cérebro de chumbo, misturado com uma matéria negra como piche, e dedos que usava com rapidez e destreza tão inacreditáveis, que não teria problemas para escrever 20 mil cópias do *Corão* em uma hora, e com tanta precisão, que nenhuma cópia seria diferente da outra, nem pela largura de um fio de cabelo. Aquela coisa tinha uma força prodigiosa, de modo que construía ou destruía os mais poderosos impérios com um sopro; mas seus poderes eram usados igualmente para o mal e para o bem.

– Ridículo! – disse o rei.

– Entre aquela nação de necromantes, também havia um em cujas veias corria o sangue das salamandras, pois ele não tinha escrúpulos em sentar-se para fumar seu *chibouk*[5] em um forno em chamas, até que seu jantar estivesse completamente assado sobre ele. Outro tinha o poder de transformar metais comuns em ouro, sem nem mesmo olhar para eles durante o processo. Outro tinha um toque tão delicado, a ponto de construir fios tão finos, que ficavam invisíveis. Outro tinha uma percepção tão rápida, que contava todos os movimentos separados de um elástico, enquanto este saltava para a frente e para trás, a um ritmo de 900 milhões de vezes por segundo.

– Absurdo! – disse o rei.

– Outro daqueles mágicos, através de um fluido que ninguém nunca viu, conseguia fazer com que os cadáveres de seus amigos mexessem os braços, chutassem, lutassem ou até mesmo levantassem e dançassem, como quisesse. Outro cultivara sua voz a tal nível, que conseguia fazer-se ouvir do outro lado do mundo. Outro tinha um braço tão longo, que conseguia sentar-se em Damasco, e redigir uma carta em Bagdá; ou, na verdade, a qualquer outra distância. Outro fazia com que raios descessem dos céus até ele, conforme chamasse, e usava-os como brinquedos, quando chegavam. Outro pegava dois barulhos, e transformava-os em silêncio. Outro construía uma profunda escuridão, a partir de duas luzes brilhantes. Outro fazia gelo em uma fornalha flamejante. Outro ordenava o Sol a pintar seu retrato, e o Sol o fazia. Outro pegou a Lua e os planetas e, primeiro pesando-os com extrema precisão, mergulhou em suas profundezas e descobriu a solidez da substância da qual eram feitos. Mas a nação inteira tem, na verdade, habilidades mágicas tão surpreendentes, que nem mesmo suas crianças, nem os gatos e cachorros mais comuns têm qualquer dificuldade para enxergar objetos que nem existem ou que foram apagados da face da Terra 20 milhões de anos antes do nascimento de sua nação.

– Que disparate! – disse o rei.

– As esposas e as filhas desses magos incomparavelmente grandes e sá-

5 N. da T.: Cachimbo longo, tradicional no Oriente Médio.

bios – continuou Sherazade, nem um pouco perturbada por aquelas interrupções frequentes e bastante rudes de seu marido –, as esposas e as filhas daqueles eminentes feiticeiros são tudo o que há de mais talentoso e refinado, e seriam extremamente interessantes e belas, se não fosse por uma infeliz fatalidade que as acomete, e da qual nem mesmo os poderes milagrosos de seus maridos e pais conseguiram salvá-las, até agora. Algumas fatalidades tomam certas formas, algumas tomam outras; mas esta, à qual me refiro, tomou a forma de uma curva.

– Do quê? – disse o rei.

– De uma curva – disse Sherazade. – Um dos gênios malignos, que procuram constantemente alguma forma de fazer o mal, colocou na cabeça daquelas habilidosas damas que a beleza consiste na protuberância da região que fica não muito abaixo da lombar. A beleza perfeita, dizem, é diretamente proporcional ao tamanho daquela saliência. Devido ao fato de terem sido possuídas por tal ideia, e de que almofadas são baratas em sua terra, foi-se o tempo em que era possível distinguir entre uma mulher e um dromedário...

– Pare! – disse o rei. – Não posso e não irei tolerar isso. Já me deu a maior dor de cabeça com suas mentiras. Também vejo que o dia está começando a raiar. Há quanto tempo estamos casados? Minha consciência está começando a me incomodar, novamente. E então vem esse comentário sobre o dromedário... acha que sou tolo? Com tudo isso, é melhor que levante-se e vá ser enforcada.

Essas palavras, pelo que li no *"Isitsoornot"*, entristeceram e surpreenderam Sherazade; contudo, como sabia que o rei era um homem de integridade escrupulosa, e que seria muito improvável que voltasse atrás, submeteu-se a seu destino graciosamente. Porém, obteve um grande conforto (enquanto apertavam a corda) ao refletir sobre o fato de que a maior parte da história ainda não havia sido contada, e que a petulância de seu marido brutamontes lhe trouxera a mais apropriada das recompensas, privando-o de muitas aventuras inconcebíveis.

DESCIDA AO MAELSTRÖM

Os caminhos de Deus na Natureza, assim como na Providência, não são como os nossos; os modelos que tomamos tampouco são de qualquer maneira comensuráveis à vastidão, à profundidade e à inescrutabilidade de Suas obras, que são mais abissais do que o poço de Demócrito

Joseph Glanville

Havíamos chegado no cume do rochedo mais alto. Por alguns minutos, o velho pareceu exausto demais para falar.

– Não faz muito tempo – disse ele, finalmente – que eu poderia tê-lo guiado por esta rota tão bem quanto o meu filho mais novo; mas, há cerca de três anos, passei por algo que nunca aconteceu com outro mortal – ou, pelo menos, ao qual ninguém sobreviveu para contar a história –, e as seis horas de terror absoluto que tive que aguentar acabaram com meu corpo e minha alma. Você imagina que sou um homem *muito* velho; mas não sou. Levou menos de um dia para fazer com que meus cabelos bem pretos ficassem brancos, para enfraquecer meus membros e para transformar meus nervos em frangalhos, de modo que o menor esforço me faz tremer, e tenho medo de qualquer sombra. Sabia que mal consigo olhar para baixo desta pequena colina sem ficar zonzo?

A "pequena colina", na beirada da qual ele se jogara tão descuidadamente para descansar, de forma que a parte mais pesada de seu corpo pendia para o outro lado, enquanto a única coisa que o impedia de cair era seu cotovelo sobre a borda súbita e escorregadia; aquela "pequena colina" erguia-se, como uma parede imponente e desobstruída de rocha preta brilhante, por uns 450 ou 500 metros acima da vastidão de rochedos abaixo de nós. Nada me faria chegar a menos de 5 metros de sua beirada. Na verdade, fiquei tão nervoso com a posição perigosa de meu companheiro, que joguei-me deitado no chão, agarrei-me aos arbustos ao meu redor e nem ousei olhar para o céu, enquanto tentava, em vão, livrar-me da ideia de que as fundações da montanha estavam correndo perigo devido à fúria dos ventos. Demorou para que eu pudesse raciocinar o suficiente para criar coragem, sentar-me e olhar para a distância.

– Você precisa superar essas ideias – disse o guia –, pois trouxe-o aqui para que tenha a melhor vista possível da cena do evento que acabei de mencionar; e para contar-lhe toda a história, enquanto olha exatamente para onde ela ocorreu.

– Estamos, agora – continuou, daquele modo detalhista, típico dele –, perto do litoral da Noruega, no 68º grau de latitude, na grande província de Nordland, e no distrito melancólico de Lofoden. A montanha sobre a qual nos encontramos é Helseggen, a Anuviada. Agora, levante-se mais um pouquinho – segure-se na grama, se sentir-se tonto, assim – e olhe para lá, para além do círculo de vapor abaixo de nós, para o mar.

Olhei, com vertigem, e enxerguei uma vasta extensão de oceano, cujas águas tinham um tom tão escuro, que fizeram-me pensar imediatamente no relato do geógrafo núbio sobre o *Mare Tenebrarum*. A imaginação humana não pode conceber um panorama mais desolado. À direita e à esquerda, até onde a vista alcançava, estendiam-se, como as ameias do mundo, fileiras de penhascos horrivelmente negros e carrancudos, cuja natureza sombria era realçada pelas ondas que quebravam, altas, contra seus cumes brancos e medonhos, uivando e gritando eternamente. Do lado oposto do promontório em cujo ápice estávamos, e a uma distância de 8 ou 10 quilômetros ao mar, estava visível uma ilha pequena e de aparência erma; ou, para descrever melhor, sua posição era discernível através das vagas selvagens que a envelopavam. A uns 3 quilômetros mais perto da terra, erguia-se outra, menor, terrivelmente rochosa e estéril, envolta por um amontoado de rochas pretas, a vários intervalos.

A aparência do oceano, no espaço entre a ilha mais distante e o litoral, tinha algo de muito incomum. Apesar de, naquele momento, uma ventania tão forte estar soprando na direção da terra, a ponto de um barco a vela, na parte mais distante do mar, estar parado sob três velas abertas com rizadura dupla, seu casco inteiro desaparecendo constantemente, não havia nenhuma maré regular, apenas um quebrar curto, rápido e raivoso de água, em todas as direções, a favor do vento e também de encontro a ele. Havia pouca espuma, exceto na vizinhança imediata das rochas.

– Aquela ilha à distância – retomou o velho – é chamada, pelos noruegueses, de Vuurgh. A que fica no meio do caminho chama-se Moskoe. Aquela ali, 2 quilômetros ao norte, é Ambaaren. Para lá estão Islese, Hotholm, Keildhelm, Suarven e Buckholm. Mais ao longe, entre Moskoe e Vurrgh, estão Otterholm, Flimen, Sandflesen e Estocolmo. Estes são os nomes verdadeiros dos lugares, mas por que acharam necessário nomeá-los, em primeiro lugar, está além da minha ou da sua compreensão. Ouve alguma coisa? Vê alguma mudança na água?

Àquela altura, fazia cerca de dez minutos que estávamos no topo de Helseggen, aonde subíramos do interior de Lofoden, de modo que não vimos nem sinal do mar, até que apareceu repentinamente para nós, quando chegamos ao cume. Conforme o velho falava, tomei ciência de um som alto e que aumentava gradualmente, como os gemidos de um enorme rebanho de búfalos em uma planície americana; e, no mesmo instante, percebi que o que os marinheiros chamam de oceano *agitado*, abaixo de nós, estava transformando-se rapidamente em uma corrente que ia para o leste. Enquanto eu a observava, aquela corrente adquiriu uma velocidade monstruosa. Cada momento fazia com que sua velocidade, sua impetuosidade precipitada, aumentasse. Dentro de cinco minutos, o mar inteiro, até Vurrgh, havia se lançado em uma fúria desgovernada; mas era entre Moskoe e o litoral que o principal tumulto dominava. Ali, o vasto leito das águas, cindido e marcado em mil canais conflitantes, irrompeu repentinamente em convulsões frenéticas – elevando-se, fervendo, sibilando –, girando em vórtices gigantescos e inumeráveis, todos rodopiando e mergulhando na direção leste, com uma rapidez que as águas, em outros lugares, nunca assumem, exceto em descidas íngremes.

Dentro de mais alguns minutos, outra alteração radical abateu-se sobre a cena. A superfície em geral ficou um pouco mais regular, e os redemoinhos, um por um, desapareceram. Finalmente, quando aquelas correntes espalharam-se a uma grande distância e combinaram-se, adquiriram o movimento giratório dos vórtices retrocedentes, e pareceram formar o início de outro, ainda mais vasto. De repente, muito subitamente, aquilo assumiu uma existência distinta e definida, em um círculo de mais de 2 quilômetros de diâmetro. A borda do turbilhão era marcada por um cinturão largo de espuma brilhante, mas nenhuma partícula daquilo entrou no bocal do terrível funil, cujo interior, à medida que se podia discernir, era uma parede de água lisa, brilhante e completamente escura, inclinada para o horizonte a um ângulo de cerca de 45 graus, girando vertiginosamente, de novo e de novo, com um movimento balançante e sufocante, lançando aos ventos um barulho apavorante, meio grito, meio urro, como nem as poderosas cataratas do Niágara conseguem emitir, em sua agonia, para os céus.

A montanha tremeu até a base, e as rochas balançaram. Joguei-me de rosto no chão, e agarrei-me às poucas plantas, em um excesso de agitação nervosa.

– Aquilo – disse, finalmente, para o velho –, aquilo *não pode* ser nada exceto o grande turbilhão do Maelström.

– É assim que se referem a ele, às vezes – respondeu. – Nós, noruegueses, o chamamos de Moskoeström, por causa da ilha de Moskoe ali no meio.

Os relatos comuns daquele vórtice não haviam me preparado, de forma alguma, para o que vi. O de Jonas Ramus, que é, talvez, o mais embasado de todos, não consegue transmitir a mais tênue ideia da magnificência ou do horror daquela cena; tampouco da desconcertante sensação de *novidade* que confunde o observador. Não tenho certeza sobre o ponto de vista do qual o escritor em questão examinou-o nem sobre em qual momento; mas não pode ter sido nem do cume de Helseggen nem durante uma tempestade. Ainda assim, há alguns trechos de sua descrição que podem ser citados, devido a seus detalhes, apesar de seus esforços serem extremamente fracos para dar uma impressão do espetáculo.

"Entre Lofoden e Moskoe", escreve, "a profundidade da água é entre 36 e 40 braças; mas, do outro lado, na direção de Ver (Vurrgh), a profundidade diminui a ponto de não permitir que passem embarcações, sem que arrisquem partir-se de encontro às rochas, o que acontece até mesmo quando o tempo está mais calmo. Na cheia, a corrente sobe pela região entre Lofoden e Moskoe, com uma rapidez barulhenta; mas nem mesmo as mais altas e temíveis cataratas igualam-se ao rugido de seu fluxo impetuoso para o mar, cujo ruído é ouvido a vários quilômetros de distância, e os vórtices ou abismos têm tamanha extensão e profundidade que, se um navio entrar em sua área de atração, é inevitavelmente absorvido e levado para o fundo, e lá é estilhaçado contra as rochas. Quando a água relaxa, os fragmentos do navio aparecem novamente na superfície. Mas esses intervalos de tranquilidade ocorrem só na mudança entre fluxo e refluxo e quando o tempo está calmo, e duram só uns 15 minutos, com sua violência retornando gradativamente. Quando a corrente fica mais barulhenta, e sua fúria é aumentada por alguma tempestade, é perigoso ficar a uma distância de 1 milha norueguesa[1] dela. Barcos, iates e navios já foram arrastados, por não terem se prevenido antes de chegarem a seu alcance. Também acontece com frequência de baleias chegarem perto demais da corrente, e serem sobrepujadas por sua violência; e então é impossível descrever seus uivos e gritos, enquanto lutam, sem sucesso, para se desvencilhar. Uma vez, um urso, que tentava

1 N. da T.: Unidade de medida equivalente a 10 quilômetros.

nadar de Lofoden a Moskoe, foi pego pela corrente e levado para baixo, enquanto rugia terrivelmente, a ponto de ser ouvido no litoral. Grandes quantidades de abetos e pinheiros, absorvidos pela corrente, emergem novamente, quebrados e despedaçados a tal ponto, que parece que brotaram cerdas. Isso demonstra claramente que o fundo é formado por rochas pontudas, entre as quais são jogadas, de um lado para o outro. A corrente é regulada pelo fluxo e refluxo do mar, e as marés alta e baixa revezam-se a cada seis horas. No ano de 1645, na manhã do Domingo da Sexagésima, ribombou com tanto barulho e tamanha impetuosidade, que as próprias pedras das casas do litoral foram ao chão".

Em relação à profundidade da água, não consegui entender como fora averiguada, nos arredores imediatos do vórtice. As "40 braças" devem se referir apenas a partes do canal perto do litoral, de Moskoe ou de Lofoden. A profundidade no centro do Moskoeström deve ser incomensuravelmente maior, e não há melhor prova desse fato do que uma olhadela de esguelha para o abismo do turbilhão, do ponto mais alto de Helseggen. Olhando de cima daquele pináculo, para o Flegetonte[2] abaixo, não pude deixar de sorrir ao pensar na simplicidade com a qual o honesto Jonas Ramus registrou, como um assunto difícil de se acreditar, as anedotas sobre as baleias e os ursos; pois pareceu-me, na verdade, ser evidente que o maior navio em existência, se entrasse no raio de influência daquela atração mortífera, poderia resistir a ela tanto quanto uma pena a um furacão, e desapareceria por completo imediatamente.

As tentativas de explicar o fenômeno – algumas das quais, pelo que me lembro, pareciam suficientemente plausíveis, a uma primeira leitura – agora adquiriam um aspecto muito diferente e insatisfatório. A ideia geralmente aceita é que aquele, assim como três vórtices menores entre as Ilhas Faroé, "não têm outra causa senão a colisão de

2 N. da T.: Um dos rios do Hades.

ondas que sobem e descem, no fluxo e no refluxo, de encontro a uma cordilheira de rochas e plataformas, que prendem as águas, de modo que se precipitam como cataratas; assim, quanto mais a maré sobe, maior é a queda, e o resultado natural disso tudo é um turbilhão ou vórtice, cuja enorme sucção é suficientemente conhecida, com base em experimentos menores". Estas são as palavras da *Enciclopédia Britânica*. Kircher e outros imaginam que, no centro do canal do Maelström, existe um abismo que penetra no globo, e termina em algum ponto muito remoto, com o Golfo de Botnia sendo nomeado de forma um tanto quanto decidida, em um dos casos. Essa opinião, inútil por si só, era aquela com que minha imaginação concordava mais prontamente, enquanto eu observava; e, mencionando-a para meu guia, fiquei um pouco surpreso ao ouvi-lo dizer que, apesar de ser o ponto de vista quase que universalmente aceito sobre o assunto pelos noruegueses, não era o seu próprio. Quanto à opinião anterior, confessou ser incapaz de compreendê-la; neste ponto, concordei com ele, pois por mais conclusiva que fosse, em teoria, tornava-se totalmente ininteligível, até mesmo absurda, em meio ao estrondo do abismo.

– Já deu uma boa olhada no redemoinho – disse o velho –, e se contornar esta rocha com cuidado, ficando a sotavento, onde o rugido da água é abafado, contarei uma história que o convencerá de que devo saber alguma coisa sobre o Moskoeström.

Posicionei-me como ele pedira, e ele prosseguiu.

– Eu e meus dois irmãos éramos donos de uma escuna, com capacidade para 70 toneladas, com a qual tínhamos o hábito de pescar entre as ilhas para além de Moskoe, quase em Vurrgh. Todos os turbilhões fortes do mar têm bastante peixe, nas oportunidades adequadas, se a pessoa tiver a coragem de tentar; mas, entre todos os povos litorâneos de Lofoden, nós três éramos os únicos que íamos para as ilhas regularmente, como te disse. A região de costume é bem mais para baixo, na direção do sul. Ali, os peixes podem ser pescados a todas as horas, sem muito risco, e é por isso que esses lugares são os preferidos. Contudo, os melhores pontos, ali em meio às rochas, não só dão as melhores variedades como também em muito maior abundância, de modo que costumávamos pescar, em um único dia, aquilo que os mais tímidos de nossa profissão não conseguiam juntar em uma semana. Na verdade, tornamos o assunto uma questão de especulação desvairada: o risco à vida, em vez do trabalho, e a coragem respondendo ao capital.

Guardávamos o barco em uma enseada a cerca de 8 quilômetros costa acima desse ponto; e tínhamos o costume, quando o tempo estava bom, de aproveitarmos o intervalo de 15 minutos para atravessarmos o canal principal do turbilhão de Moskoe, bem acima dele, e então ancorar em algum lugar perto de Otterholm ou Sandflesen, onde os redemoinhos não são tão violentos. Ali permanecíamos quase até a hora de calmaria antes de a maré mudar novamente, quando recolhíamos a âncora e partíamos para casa. Nunca saíamos naquela expedição sem um vento lateral contínuo, para podermos ir e voltar, um vento que tínhamos certeza de que não nos abandonaria antes de voltarmos, e raramente calculávamos errado essa questão. Duas vezes, em seis anos, fomos forçados a passar a noite toda ancorados, por causa de uma calmaria completa, que é algo extremamente raro, por estas bandas; e uma vez tivemos que ficar na região por quase uma semana, morrendo de fome, devido a um vendaval que começou logo depois de nossa chegada, e fez com que o canal ficasse agitado demais para que pensássemos em atravessar. Naquela ocasião, deveríamos ter sido empurrados para o mar aberto, apesar de tudo (pois os redemoinhos nos faziam girar e girar, com tamanha violência, que finalmente prendemos nossa âncora em uma pedra e a arrastamos), se não fosse pelo fato de que flutuamos para uma das inúmeras correntes transversais, que hoje estão aqui, e amanhã não estão mais, que nos empurrou para baixo das rochas de Flimen, ao abrigo do vento, onde felizmente aterramos.

Não conseguiria contar nem a vigésima parte das dificuldades que enfrentamos naquela região – é um lugar ruim para se estar, até mesmo com o tempo bom –, mas fizemos o possível para estarmos sempre à frente do redemoinho de Moskoe em si, sem acidentes; apesar de que, às vezes, meu coração parecia que ia sair pela boca, quando percebíamos que a calmaria começara ou acabara há um ou dois minutos. O vento, às vezes, não estava tão forte quanto pensáramos de início, e então progredíamos muito menos do que desejávamos, enquanto a corrente tornava o barco incontrolável. Meu irmão mais velho tinha um filho de 18 anos, e eu mesmo tinha dois garotos fortes. Eles teriam sido muito úteis naqueles momentos, para usar os remos, assim como depois, durante a pesca; mas, de alguma forma, apesar de nós mesmos corrermos o risco, não tínhamos coragem de colocar os jovens em perigo, pois, no final das contas, era *mesmo* um perigo terrível, e é essa a verdade.

Hoje faz três anos e alguns dias, desde que ocorreu o que vou contar. Era dia 10 de julho de 18--, um dia em que as pessoas desta parte do mundo nunca esquecerão, pois foi quando chegou o furacão mais horrível que os céus já nos mandaram. Apesar disso, na manhã inteira, e também até o fim da tarde, veio uma brisa calma e contínua do sudoeste, enquanto o sol brilhava bastante, de modo que nem o mais velho dos marinheiros entre nós poderia ter previsto o que estava por vir.

Nós três, eu e meus dois irmãos, havíamos atravessado até as ilhas por volta das 2 da tarde, e logo já tínhamos quase que carregado por completo o barco com peixes, que observamos estarem mais abundantes naquele dia do que jamais os víramos antes. Acabava de dar 7 horas, *de acordo com meu relógio*, quando recolhemos a âncora e partimos para casa, para podermos passar pela pior parte do turbilhão durante a calmaria, que sabíamos que seria às 8.

Partimos com um vento fresco a estibordo e fizemos bastante progresso, por algum tempo, nem sonhando com qualquer perigo, pois não vimos nenhum motivo sequer para preocupar-nos. De repente, fomos pegos de surpresa por uma brisa vinda de Helseggen. Isso era extremamente incomum, nunca acontecera conosco antes, e comecei a sentir-me um pouco irrequieto, sem saber exatamente por quê. Posicionamos o barco no vento, mas não conseguíamos fazer progresso algum por causa dos turbilhões, e eu estava a ponto de sugerir que voltássemos para onde estivéramos ancorados, quando, olhando para trás, vimos o horizonte inteiro coberto por uma nuvem singular, cor de cobre, que erguia-se com uma velocidade surpreendente.

Enquanto isso, a brisa que nos estivera empurrando sumiu, e ficamos em meio a uma calmaria completa, flutuando em todas as direções. Esse estado, contudo, não durou o suficiente para dar-nos tempo para pensar nele. Em menos de um minuto, a tempestade estava sobre nós – em menos de dois, o céu estava completamente nublado –, e por causa dela e do borrifar da espuma pelo vento tudo ficou tão escuro, repentinamente, que não conseguíamos enxergar uns aos outros dentro do barco.

O furacão que então sobreveio é inútil tentar descrever. Nem o mais velho marinheiro na Noruega passara por algo como aquilo. Havíamos baixado as velas antes que ele nos alcançasse, mas, na primeira lufada, nossos dois mastros quebraram, como se houvessem sido serrados, o principal levando consigo meu irmão mais novo, que amarrara-se a ele por segurança.

Nosso barco era como a mais leve das penas sobre a água. O convés era completamente nivelado, apenas com uma pequena escotilha perto da proa, que tínhamos o costume de trancar quando estávamos prestes a cruzar o turbilhão, como uma precaução contra o mar revolto. Se não fosse por isso, teríamos afundado imediatamente, pois ficamos completamente cobertos dentro de alguns segundos. Não sei como meu irmão mais velho escapou da morte, pois não tive a oportunidade de averiguar. De minha parte, logo que baixei a vela da frente, joguei-me deitado no convés, com os pés de encontro à borda estreita da popa, e as mãos agarrando um anel de ferro perto do pé do mastro. Foi puro instinto que me levou a fazer isso – que foi, sem dúvida, a melhor coisa que eu poderia ter feito –, pois estava agitado demais para pensar.

Por alguns momentos, ficamos completamente alagados, como disse, e passei aquele tempo todo prendendo a respiração e agarrado ao anel de ferro. Quando não aguentei mais, pus-me de joelhos, ainda segurando-me com as mãos, e assim consegui colocar a cabeça acima da água. Então, nosso barquinho deu uma sacudida, como um cachorro faz, ao sair da água, e assim livrou-se dos mares, até certa medida. Eu estava, àquela altura, tentando controlar o estupor que me dominara, e recompor-me para poder ver o que tinha que ser feito, quando senti alguém agarrar meu braço. Era meu irmão mais velho, e fui tomado por uma intensa alegria, pois estava certo de que caíra pela borda afora. Porém, dentro de mais um segundo, aquela alegria transformou-se em horror, pois ele trouxe a boca perto de minha orelha e gritou a palavra: "*Moskoeström!*"

Ninguém jamais saberá o que senti naquele momento. Tremi da cabeça aos pés, como se tomado por uma doença violenta. Sabia muito bem o que ele queria dizer com aquela palavra, sabia o que ele queria fazer-me entender. Com o vento que agora nos empurrava para a frente, estávamos indo na direção do turbilhão do Ström, e nada poderia nos salvar!

Perceba que, ao cruzarmos o canal do Ström, sempre passávamos bem acima do turbilhão, mesmo nos tempos mais calmos, e então tínhamos que esperar e observar com cuidado a chegada da calmaria; mas, naquele momento, estávamos nos dirigindo direto para o próprio redemoinho, e durante um furacão daqueles! "Decerto", pensei, "chegaremos lá durante a calmaria; ainda há alguma esperança", mas, no momento seguinte, xinguei-me por ser tão tolo a ponto de nutrir qualquer esperança. Sabia muito bem que estaríamos perdidos, ainda que tivéssemos um navio dez vezes maior do que uma embarcação de guerra com 90 canhões.

Àquela altura, a primeira fúria da tempestade havia se esgotado ou talvez não a sentíssemos tanto, por termos corrido à frente dela, mas, de qualquer forma, o mar, que de início havia sido mantido abaixado pelo vento, e ficado plano e espumante, agora erguia-se e formava verdadeiras montanhas. Uma mudança singular também tomara conta do céu. Ao nosso redor, em todas as direções, continuava preto como piche, mas quase acima de nossa cabeça explodiu, de repente, uma fenda circular de céu límpido – mais límpido do que eu já vira antes –, de um azul-profundo e brilhante, de onde reluzia a lua cheia, com um fulgor que jamais exibira. Iluminava tudo ao nosso redor, com a maior distinção; mas, meu Deus, que cena era aquela para se iluminar!

Naquele momento, fiz umas duas tentativas de falar com meu irmão, mas, de algum modo que eu não compreendia, a barulheira aumentara tanto, que não conseguia ouvi-lo emitir uma única palavra, apesar de gritar com todas as minhas forças em seu ouvido. Então, ele sacudiu a cabeça, pálido como a morte, e ergueu um dedo, como quem diz: *"Escute!"*

De início, não entendi o que ele quis dizer, mas um pensamento horripilante logo ocorreu-me. Arranquei o relógio da corrente. Não estava funcionando. Olhei para o mostrador à luz da Lua, e irrompi em lágrimas, enquanto o lançava ao oceano. Parara de funcionar às 7 horas! *A calmaria já passara, e o turbilhão do Ström estava em plena fúria!*

Quando um barco é bem construído, adequadamente estivado e não carregado demais, as ondas causadas por um vento forte, quando está navegando rapidamente, sempre parecem deslizar para longe debaixo dele, o que é estranho para quem trabalha só na terra, e é o que chamamos de *cavalgar*, no linguajar marítimo. Bem, até então, havíamos cavalgado as ondas muito bem; mas então uma vaga gigante nos pegou bem por baixo, e carregou-nos consigo enquanto subia, cada vez mais, como se fosse chegar ao céu. Eu não teria acreditado que uma onda pudesse subir tanto. E então descemos escorregando, deslizando e mergulhando, o que me fez sentir enjoado e zonzo, como se estivesse caindo do topo de uma montanha em um sonho. Mas enquanto estávamos lá em cima eu olhara rapidamente ao redor, e essa única olhadela fora mais do que suficiente. Vi nossa posição exata em um instante. O turbilhão Moskoeström estava a cerca de 400 metros bem à nossa frente; mas era tão parecido com o Moskoeström de costume quanto o redemoinho que você vê à sua frente se parece com a corrente que gira a roda de um moinho. Se não soubesse onde estávamos, e o que esperar, nem teria reconhecido o lugar. Assim, fechei os olhos, involuntariamente, de terror. Minhas pálpebras espremeram-se umas contra as outras, como se num espasmo.

Não podem ter se passado mais do que dois minutos, até que, de repente, sentimos as ondas diminuírem, e fomos cercados por espuma. O barco deu uma meia-volta repentina para bombordo, e disparou na nova direção como um raio. No mesmo instante, o rugido das águas foi completamente abafado por um tipo de grito estridente, como o som que você pode imaginar sendo emitido pelas chaminés de milhares de embarcações a vapor, todas soltando seu vapor ao mesmo tempo. Estávamos, então, no cinturão de espuma que sempre circunda o turbilhão, e pensei, é claro, que dentro de um momento seríamos mergulhados no abismo, que só conseguíamos enxergar indistintamente, por causa da velocidade incrível em que éramos arrastados. O barco não pareceu afundar na água nem um pouco, e sim roçar a superfície da ondulação como uma bolha de ar. Seu lado estibordo estava perto do turbilhão, e a bombordo erguia-se o mundo de oceano que deixáramos para trás. Estava entre nós e o horizonte, como uma enorme parede se contorcendo.

Pode parecer estranho, mas naquele momento, quando estávamos bem na bocarra do golfo, senti-me mais composto do que quando ainda nos aproximávamos. Após decidir-me a não ter mais esperanças, livrara-me da maior parte do terror que me abalara de início. Imagino que tenha sido o desespero que acabara com meus nervos.

Pode achar que estou me gabando, mas estou dizendo a verdade: comecei a pensar sobre como era magnífico morrer daquela maneira, e como eu fora tolo ao considerar algo tão ínfimo quanto minha própria vida individual, em comparação com aquela manifestação tão maravilhosa do poder de Deus. Acredito que tenha enrubescido, quando essa ideia passou-me pela cabeça. Após algum tempo, fui tomado por uma curiosidade aguda sobre o próprio turbilhão. Senti um verdadeiro *desejo* de explorar suas profundezas, mesmo às custas do que eu teria que sacrificar; e minha principal tristeza era nunca poder contar para meus velhos companheiros, em terra, sobre os mistérios que eu veria. Esses eram, sem dúvida, pensamentos singulares para ocupar a mente de uma pessoa em tal extremo, e desde então já pensei, muitas vezes, que as voltas que o barco deu ao redor do redemoinho devem ter-me deixado um pouco tonto.

Houve outra circunstância que ajudou-me a recobrar a compostura: a cessação do vento, que não conseguia alcançar-nos naquela posição, pois, como você mesmo viu, o cinturão de espuma é consideravelmente mais baixo do que a superfície geral do oceano, e este último assomava sobre nós, como uma cordilheira alta, escura e montanhosa. Se nunca navegou durante uma forte ventania, não pode ter ideia da confusão mental causada pelo vento e pela espuma, em conjunto. Eles te cegam, ensurdecem e estrangulam, e tiram todo o seu poder de ação ou reflexão. Mas estávamos, naquele momento, bastante livres dessas irritações; assim como os prisioneiros condenados à morte, na prisão, têm permissão para receberem algumas pequenas indulgências, que lhes eram proibidas, enquanto seu destino ainda estava indefinido.

Quantas voltas demos no cinturão é impossível dizer. Rodamos de novo, e de novo, por mais ou menos uma hora, voando, em vez de flutuando, chegando cada vez mais para o meio do turbilhão, e depois cada vez mais perto de sua horrível borda interna. Durante aquele tempo todo, não soltei o anel de ferro. Meu irmão estava na extremidade traseira, agarrado a um pequeno barril de água, que fora amarrado com força debaixo da parte superior da beirada da popa, e que fora a única coisa sobre o convés que não havia sido arrastada para fora do barco, quando a primeira ventania nos atingiu. Ao nos aproximarmos da beira do fosso, largou o barril e correu na direção do elo de ferro, do qual, em seu terror agonizado, tentou soltar minhas mãos, pois não era grande o suficiente para que nós dois conseguíssemos segurá-lo firmemente. Nunca senti tanta tristeza quanto ao vê-lo tentar fazer aquilo, apesar de saber que estava louco quando o fez, um maníaco tresloucado de puro medo. Não tentei, contudo, discutir com ele sobre isso. Sabia que não faria diferença alguma, se um de nós estivesse segurando o anel ou não; de modo que deixei que ficasse com ele, e fui para a popa, agarrar-me ao barril. Não tive muita dificuldade para fazê-lo, pois o barco voava em círculos com uma constância razoável, sem sacudir muito o convés, só balançando de um lado para o outro com as imensas descidas e subidas do turbilhão. Eu mal tivera tempo de me arrumar em minha nova posição, quando demos uma forte guinada para estibordo, e caímos de cabeça no abismo. Sussurrei uma prece rápida para Deus, e pensei que estava tudo acabado.

Ao sentir a descida nauseante, agarrei instintivamente o barril com mais força e fechei os olhos. Por alguns segundos, não ousei abri-los, enquanto aguardava a morte instantânea e imaginava por que ainda não estava moribundo em meio às águas. Porém, momento após momento se passava. Eu continuava vivo. A sensação de cair cessara, e os movimentos da embarcação pareciam-se bastante com o que eram antes, quando estávamos no cinturão de espuma, exceto que, agora, ela estava mais de comprido. Criei coragem e olhei novamente para a cena.

Nunca me esquecerei das sensações de espanto, horror e admiração com as quais olhei ao meu redor. O barco parecia estar pendurado, como que por mágica, a meio caminho do fundo, sobre a superfície interna de um funil de circunferência vasta e profundidade prodigiosa, e cujas faces perfeitamente lisas poderiam ter sido confundidas com ébano, se não fosse pela rapidez desconcertante com a qual giravam, e pelo brilho cintilante e assustador que emitiam, conforme os raios da lua cheia, daquela fenda circular em meio às nuvens que já descrevi, iluminavam as paredes negras e os recônditos mais longínquos do abismo, em uma torrente de glória dourada.

De início, fiquei confuso demais para observar qualquer coisa com precisão. A explosão generalizada de grandeza estonteante era tudo o que eu via. Após recuperar-me um pouco, contudo, abaixei o olhar instintivamente. Naquela direção, consegui enxergar sem obstruções, por causa do modo como o barco estava pendurado na superfície inclinada do turbilhão. Estava bem reto; quero dizer, seu convés estava em um plano paralelo com o da água, mas esta última inclinava-se a um ângulo de mais de 45 graus, de modo que parecíamos estar apoiados na nossa lateral. Ainda assim, não pude deixar de observar que tive quase que a mesma dificuldade para manter-me agarrado e com os pés no chão naquela situação que teria se estivéssemos absolutamente planos; isso, imagino, era devido à velocidade em que girávamos.

Os raios da Lua pareciam vasculhar as próprias entranhas do golfo profundo; mas, mesmo assim, não consegui discernir nada, por causa de uma névoa cerrada que encobria tudo, e sobre a qual formara-se um magnífico arco-íris, como aquela ponte estreita e instável que os muçulmanos dizem ser o único caminho entre o Tempo e a Eternidade. Aquela névoa, ou espuma, era indubitavelmente causada pela colisão das grandes paredes do funil, conforme se chocavam no fundo; mas o grito que subia aos céus, do meio daquela névoa, não ouso tentar descrever.

Nossa primeira escorregadela para dentro do abismo, do cinturão de espuma acima, nos carregara por uma grande distância; mas nossa outra descida não foi, de forma alguma, proporcional. Demos voltas e voltas, não com movimentos uniformes, e sim com sacolejos e balanços atordoantes, que às vezes nos carregavam apenas algumas centenas de metros, e outras por um circuito completo do turbilhão. Nosso progresso para baixo, a cada revolução, era lento, mas muito perceptível.

Olhando ao meu redor, para a vasta expansão de líquido escuro pela qual éramos levados, percebi que nosso barco não era o único objeto abraçado pelo redemoinho. Acima e abaixo de nós, estavam visíveis fragmentos de embarcações, grandes massas de madeira de construção e troncos de árvores, com inúmeros artigos menores, como pedaços de móveis, caixas quebradas, barris e ripas. Já descrevi a curiosidade antinatural que tomara o lugar de meu terror original. Parecia aumentar, conforme eu me aproximava de minha horrível perdição. Comecei, então, a observar, com um estranho interesse, as numerosas coisas que flutuavam em nossa companhia. *Tinha* que estar delirando, pois cheguei a tentar *divertir-me*, especulando sobre as velocidades relativas de suas várias descidas na direção da espuma abaixo. "Este abeto", peguei-me dizendo, em certo momento, "será, com certeza, a próxima coisa que fará o terrível mergulho e desaparecerá", e então decepcionava-me ao ver que os destroços de um navio mercante holandês o ultrapassavam e sumiam antes. Finalmente, após fazer vários chutes daquela natureza, e errar todos, aquele fato – o fato de que calculara errado – colocou-me em uma linha de raciocínio que fez meus membros tremerem novamente e meu coração bater mais forte.

Não era um novo terror que me afetava daquela forma, e sim o início de uma *esperança* mais animadora. Aquela esperança surgira em parte de uma lembrança, e em parte de minhas observações naquele exato momento. Lembrei-me da grande variedade de materiais flutuantes que chegavam ao litoral de Lofoden, tendo sido absorvidos e carregados pelo Moskoeström. A grande maioria dos artigos estava estilhaçada da forma mais extraordinária – desgastada e quebrada, a ponto de parecer ter sido espetada por várias farpas –, mas então recordei-me claramente do fato de que alguns dos objetos não estavam nem um pouco desfigurados. Agora, não conseguia explicar aquela diferença, exceto se supusesse que os fragmentos quebrados eram os únicos que haviam sido completamente absorvidos; que os outros haviam entrado no turbilhão em um período tão tardio ou, por algum motivo, haviam descido tão devagar após entrar, que não chegaram ao fundo antes de a maré virar, ou antes do refluxo, como quer que fosse o caso. Concebi ser possível, em qualquer um dos casos, que poderiam ser turbilhonados de volta à superfície do oceano, sem ter o destino daqueles que haviam sido sugados mais cedo ou absorvidos mais rapidamente. Fiz também três observações importantes. A primeira era que, via de regra, quanto maiores eram os objetos, mais rápida era sua descida; a segunda era que, entre duas massas de igual extensão, uma esférica e a outra *de qualquer outro formato*, a esfera descia mais rápido; a terceira era que, entre duas massas de igual tamanho, uma cilíndrica e a outra de qualquer outro formato, o cilindro era absorvido mais devagar. Desde que escapei, tive várias discussões sobre esse assunto com um velho professor do distrito; e foi com ele que aprendi a usar as palavras "cilindro" e "esfera". Ele explicou-me, apesar de eu já ter esquecido a explicação, que o que observei foi, na verdade, a consequência natural dos formatos dos fragmentos flutuantes, e mostrou-me como um cilindro, nadando em meio a um vórtice, oferecia mais resistência à sua sucção e era sugado com mais dificuldade do que um corpo igualmente volumoso, de qualquer outra forma.

Houve uma circunstância surpreendente, que fez muito para reforçar essas observações e deixar-me ansioso para encontrar uma explicação; era o fato de que, a cada volta, passamos por algo parecido com um barril, ou uma verga, ou um mastro de uma embarcação, enquanto que muitas dessas coisas, que estavam no nosso nível, quando abri os olhos pela primeira vez e vi as maravilhas do turbilhão, agora estavam bem acima de nós, e pareciam ter se movido muito pouco de suas posições originais.

Não fiquei mais na dúvida sobre o que fazer. Decidi amarrar-me com força ao barril de água ao qual estava agarrado, cortar a corda que o prendia à popa e jogar-me com ele na água. Chamei a atenção de meu irmão com sinais, apontei para os barris flutuantes que passavam perto de nós, e fiz tudo o que pude para fazê-lo entender o que eu estava prestes a fazer. Finalmente, pensei que ele compreendera minha intenção, mas, tenha sido este o caso ou não, ele sacudiu a cabeça desesperadamente e recusou-se a largar o anel de ferro. Era impossível chegar até ele, a urgência não permitia que eu perdesse tempo; assim, com um esforço amargo, deixei que ele seguisse seu destino, amarrei-me ao barril com as cordas que o haviam prendido à popa, e precipitei-me com ele ao mar, sem mais um momento de hesitação.

O resultado foi exatamente o que eu esperava. Como sou eu mesmo que estou te contando esta história, como pode ver que eu escapei, mesmo, já sabe como consegui fazê-lo e pode, portanto, prever tudo o mais que tenho a dizer, terminarei meu relato rapidamente. Deve ter sido uma hora, mais ou menos, após eu ter saído do barco, que este, após descer a uma vasta distância debaixo de mim, deu três ou quatro voltas em rápida sucessão e, levando meu amado irmão com ele, mergulhou de cabeça, imediatamente e para sempre, no caos de espuma abaixo. O barril ao qual eu me amarrara desceu muito pouco além de metade da distância entre o fundo do golfo e o local onde eu saltara para fora do barco, antes de a natureza do redemoinho passar por uma grande mudança. A inclinação das laterais do vasto funil foi ficando cada vez menor. As voltas do turbilhão ficaram gradualmente menos violentas. A espuma e o arco-íris desapareceram pouco a pouco, e o fundo do golfo pareceu erguer-se devagar. O céu estava límpido, o vento parara e a lua cheia sumia, brilhante, ao oeste, quando vi-me na superfície do mar, enxergando claramente o litoral de Lofoden, em cima do lugar onde o Moskoeström *estivera*. Era o momento da calmaria, mas o mar ainda contorcia-se em ondas montanhosas, por causa dos efeitos do furacão. Fui arrastado violentamente para o canal do Ström e, dentro de alguns minutos, levado costa abaixo, para a região dos pescadores. Um barco me resgatou, exausto, e (agora que o perigo passara) emudecido pelas lembranças daqueles horrores. Os que me puxaram a bordo eram meus velhos amigos e companheiros de todos os dias, mas não me reconheceram de forma alguma, como se eu fosse um visitante do mundo dos espíritos. Meu cabelo, que fora preto, no dia anterior, estava tão branco quanto você o vê agora. Dizem que todo o meu semblante também mudara. Contei-lhes minha história; não acreditaram. Agora, a conto para você, mas dificilmente posso esperar que bote mais fé nela do que fizeram os alegres pescadores de Lofoden.

VON KEMPELEN E SUA DESCOBERTA

Depois do artigo bem particularizado e elaborado, escrito por Arago, para não mencionar o resumo no *Diário de Silliman*, com a declaração detalhada que acaba de ser publicada pelo tenente Maury, decerto que não se suporá que, ao fazer algumas observações apressadas sobre a descoberta de Von Kempelen, tenho qualquer intenção de examinar o assunto de um ponto de vista científico. Meu objetivo é apenas, em primeiro lugar, dizer algumas palavras sobre o próprio Von Kempelen (que tive a honra, há alguns anos, de conhecer ligeiramente), visto que tudo que diz respeito a ele é interessante, atualmente; e, em segundo lugar, analisar, de forma geral e especulativamente, os resultados da descoberta.

Pode ser melhor, contudo, iniciar as breves observações que tenho a oferecer com uma categórica negação do que parece ser a impressão geral (obtida, como de costume em casos deste tipo, dos jornais), isto é: de que esta descoberta, por mais surpreendente que seja, é imprevista.

Com base no *Diário de Sir Humphrey Davy* (editora Cottle and Munroe, Londres, pág. 150), vê-se nas páginas 53 e 82 que este ilustre químico não só concebeu a ideia em questão como também fez progresso considerável, experimentalmente, na mesmíssima análise que foi, agora, tão triunfalmente colocada em questão por Von Kempelen. Este último, apesar de não fazer a menor menção ao *Diário*, sem dúvida (digo isso sem hesitação, e posso provar, se necessário) deve a este pelo menos a primeira pista de seu próprio empreendimento.

Aquele parágrafo do jornal *Courier and Enquirer*, que está sendo circulado pela mídia, e que alega que a invenção foi de um tal de sr. Kissam, de Brunswick, estado do Maine, parece-me, confesso, um pouco apócrifo, por diversos motivos, ainda que não haja nada impossível ou muito improvável na declaração feita. Não preciso entrar em detalhes. Minha opinião sobre esse parágrafo baseia-se principalmente no modo como foi escrito. Não parece verdadeiro. Pessoas que narram fatos raramente são tão detalhistas quanto o sr. Kissam parece ser, sobre o dia, a data e o local exato. Além disso, se o sr. Kissam realmente fez a descoberta que alega, no período declarado – quase oito anos atrás –, por que não tomou qualquer medida, naquele mesmo instante, para colher os imensos benefícios que mesmo o maior dos tolos saberia que resultariam da descoberta, para ele individualmente e para o mundo no geral? Parece-me inacreditável o fato de qualquer homem de intelecto mediano ter descoberto o que o sr. Kissam alega, e depois ter agido como um bebê – como uma toupeira –, como o sr. Kissam admite que agiu. Por falar nisso, quem é o sr. Kissam? O parágrafo inteiro no *Courier e Enquirer* não é uma invenção para "criar burburinho"? Devemos admitir que tem um incrível ar de fraude. Podemos confiar muito pouco nele, em minha humilde opinião; e, se eu já não estivesse muito ciente, por experiência, da facilidade com que cientistas ficam perplexos, em relação a assuntos fora de seu campo de exploração comum, ficaria profundamente surpreso ao ver um químico tão eminente quanto o professor Draper discutir as pretensões do sr. Kissam (ou seria sr. Quem-é?) sobre a descoberta, em um tom tão sério.

Porém, voltemos ao assunto do *Diário* de Sir Humphrey Davy. Este não fora escrito para o público, mesmo após o falecimento de seu autor, como qualquer um que tenha o mínimo conhecimento sobre direitos autorais pode conferir, claramente, com base em uma análise do estilo do texto. Na página 13, por exemplo, perto do meio, lemos, em referência a suas pesquisas sobre o protóxido de azoto: "Em menos de 30 segundos, com a respiração continuando, diminuíram gradativamente e foram substituídas por algo análogo a uma suave pressão sobre todos os músculos". O fato de que não foi a respiração que "diminuíram" fica claro não só pelo contexto subsequente como também pelo uso do plural, "diminuíram" e "foram". Sem dúvida, a intenção da frase era a seguinte: "Em menos de 30 segundos, com a respiração [continuando, aquelas sensações] diminuíram gradativamente, e foram substituídas por [uma sensação] análoga a uma suave pressão sobre todos os músculos". Outras centenas de exemplos mostram que o manuscrito, publicado com tamanha falta de consideração, era apenas um caderno de anotações iniciais, pretendido somente para o olhar do próprio escritor, mas uma inspeção do mesmo convencerá qualquer ser pensante da veracidade de minha sugestão. O certo é que Sir Humphrey Davy seria a última pessoa do mundo que se comprometeria em relação a tópicos científicos. Além de ter uma aversão acima do normal ao charlatanismo, também tinha um medo mórbido de parecer empírico, de modo que, por mais convencido que pudesse estar, de que estava no caminho certo com a questão sob discussão, jamais teria feito alguma declaração pública, até ter tudo pronto para a mais prática das demonstrações. Acredito, de verdade, que seus últimos momentos teriam sido de infelicidade, se suspeitasse que seus desejos relativos a esse *Diário* (cheio de especulações iniciais) seriam ignorados, como parece que foram. Refiro-me a "seus desejos" porque ele pretendia incluir esse caderno nos diversos papéis que ordenou que fossem "queimados", não pode haver a mínima dúvida, em minha opinião. Se escapou das chamas por sorte ou azar, ainda não está claro. O fato de que os trechos citados acima deram a dica para Von Kempelen, junto com os outros semelhantes que mencionei, não questiono de forma alguma; mas, repito, ainda não está claro se a descoberta significativa em si (significativa sob quaisquer circunstâncias) será um serviço ou um desserviço para a humanidade em geral. Seria tolice duvidar, ainda que por um momento, de que Von Kempelen e seus amigos mais próximos terão uma colheita farta. Não podem ser tão fracos a ponto de não "realizá-la", em seu devido tempo, através da compra de imóveis e terras, junto com outras propriedades de valor intrínseco.

No breve relato sobre Von Kempelen, que apareceu na publicação *Home Journal* e foi, desde então, extensivamente copiado, várias interpretações errôneas do original em alemão foram feitas pelo tradutor, que declara ter tirado o trecho de uma edição anterior do *Schnellpost,* de Presburg. *"Viele"* foi evidentemente traduzido errado (como costuma ser), e o que o tradutor entendeu como "tristezas" é provavelmente *"lieden"*, que, em sua versão verdadeira, "sofrimentos", daria um semblante completamente diferente ao relato inteiro; mas é claro que a maior parte disso é adivinhação de minha parte.

Von Kempelen, contudo, não é, nem de longe, "um misantropo", pelo menos ao que parece, o que quer que seja na realidade. Meu relacionamento com ele foi inteiramente casual, e mal tenho o direito de dizer que o conheço; mas ter visto e conversado com um homem da notoriedade por ele atingida, ou que atingirá dentro de alguns dias, não é algo insignificante, em nossa época.

A publicação *The Literary World* declara, com confiança, que ele é nativo de Presburg (desinformada, talvez, pelo relato em *The Home Journal),* mas tenho o prazer de poder dizer, com certeza, pois ouvi de seus próprios lábios, que nasceu em Utica, no estado de Nova York, apesar de seus pais terem origens em Presburg, acredito. A família tem alguma relação com Maelzel, que criou a máquina jogadora de xadrez. Em pessoa, ele é baixo e corpulento, com olhos azuis grandes e redondos, cabelo e costeletas de tom loiro, uma boca larga, porém agradável, dentes bonitos e, em minha opinião, um nariz romano. Um de seus pés tem algum defeito. Seu jeito de falar é franco, e todos os seus modos demonstram cordialidade. No geral, sua aparência, sua fala e seus atos são o mais dessemelhante possível aos de um "misantropo". Ficamos hospedados ao mesmo tempo, por uma semana, há cerca de seis anos, no Earl's Hotel, em Providence, Rhode Island; e presumo que tenha conversado com ele, em vários momentos, por três ou quatro horas no total. Seus principais tópicos eram as notícias da época, e não ouvi nada dele que me fizesse suspeitar de suas conquistas científicas. Deixou o hotel antes de mim, pretendendo ir a Nova York, e de lá para Bremen; foi nesta última cidade que sua grande descoberta foi publicada pela primeira vez, ou, na verdade, foi lá que primeiro suspeitaram que a havia feito. Isso é basicamente tudo o que sei pessoalmente sobre Von Kempelen, agora imortalizado; mas pensei que até mesmo esses poucos detalhes interessariam o público.

Há poucas dúvidas de que a maior parte dos rumores fantásticos que circundam esse caso é pura invenção, digna de tanto crédito quanto a história da lâmpada de Aladim; ainda assim, em um caso desse tipo, assim como no caso das descobertas feitas na Califórnia, fica claro que a verdade pode ser mais estranha do que a ficção. A seguinte anedota, pelo menos, foi tão bem autenticada, que podemos confiar nela implicitamente.

A situação econômica de Von Kempelen, durante o tempo em que residiu em Bremen, não chegou a ser nem toleravelmente boa, e era sabido que foi forçado a tomar medidas extremas, várias vezes, para conseguir quantias irrisórias. Quando ocorreu a grande comoção sobre a falsificação na empresa Gutsmuth & Co., as suspeitas recaíram sobre Von Kempelen, devido ao fato de ter comprado uma propriedade considerável na Alameda Gasperitch e ter se recusado, quando questionado, a explicar como conseguira o dinheiro para a compra. Acabou sendo preso, mas, visto que nada de decisivo foi encontrado contra ele, finalmente foi liberado. Entretanto, a polícia manteve seus movimentos sob estrita observação, e assim descobriu que frequentemente saía de casa, sempre pegando as mesmas ruas, e invariavelmente despistando seus guardas no bairro, um labirinto de becos estreitos e serpeantes, conhecido pelo nome extravagante de “Dondergat”. Finalmente, após muito perseverar, localizaram-no em um sótão em uma casa antiga, de sete andares, em um beco chamado Flatzplatz; e, pegando-o de surpresa, encontraram-no, como imaginavam, no meio de suas operações de falsificação. Dizem que ficou tão agitado, que os policiais não tiveram a menor dúvida de sua culpa. Após algemá-lo, vasculharam seu cômodo, ou, na verdade, cômodos, pois parecia que ocupava a mansão inteira.

No sótão onde o pegaram havia um armário, de 3 metros por 2, equipado com algum tipo de aparelho químico, cujo objetivo ainda não foi averiguado. Em um canto do armário havia uma fornalha bem pequena, com um fogo ardendo dentro, e sobre o fogo um tipo de cadinho duplicado: dois cadinhos ligados por um tubo. Um deles estava quase cheio de chumbo, em estado de fusão, mas sem chegar ao buraco no tubo, que estava perto da borda. O outro cadinho continha um pouco de líquido, que, quando os policiais chegaram, parecia dissipar-se furiosamente em vapor. Relatam que, ao perceber que seria pego, Kempelen agarrou os cadinhos com ambas as mãos (envoltas por luvas, que descobriu-se depois conterem asbestos) e jogou o conteúdo no chão azulejado. Foi naquele momento que os policiais o algemaram; e, antes de esquadrinhar o local, examinaram sua pessoa, mas nada de incomum foi descoberto nele, exceto um pacote embrulhado em papel, dentro do bolso de seu casaco, que continha o que descobriu-se ser uma mistura de antimônio e alguma substância desconhecida, em proporções quase, mas não totalmente, iguais. Todas as tentativas de analisar a substância desconhecida falharam até agora, mas não se deve duvidar de que acabará sendo analisada, eventualmente.

Ao sair do armário com o prisioneiro, os oficiais passaram por um tipo de antecâmara, em que nada de significativo foi encontrado, e chegaram ao dormitório do químico. Ali, vasculharam algumas gavetas e caixas, mas descobriram apenas alguns papéis sem importância, e uma boa quantidade de moedas, de prata e ouro. Finalmente, olhando debaixo da cama, viram um baú grande e comum, sem dobradiças, ferrolho ou fechadura, com a tampa jogada descuidadamente sobre a parte de baixo. Ao tentarem arrastar o baú debaixo da cama, descobriram que, juntando todas as suas forças (estavam em três, todos homens fortes), não "conseguiam mover 1 centímetro". Muito surpresos com isso, um deles engatinhou para baixo da cama e, olhando dentro do baú, disse:

– Não me admira que não conseguimos fazê-lo se mexer; oras, está cheio até a boca de peças velhas de latão!

Então, apoiando os pés contra a parede, para ter uma boa sustentação, e empurrando com todas as suas forças, enquanto seus companheiros puxavam com as deles, tiraram o baú, com muita dificuldade, debaixo da cama e examinaram seu conteúdo. O suposto latão que continha era composto de peças pequenas e lisas, cujo tamanho variava de uma ervilha a uma moeda de 1 dólar; mas seu formato era irregular, ainda que com aparência mais ou menos achatada, no geral, "bem parecido com o chumbo quando é jogado no chão em seu estado derretido, e deixado ali para resfriar". Nenhum daqueles policiais suspeitou, nem por um instante, que o metal seria algo que não latão. A ideia de que poderia ser ouro jamais passou por sua cabeça, é claro; como um conceito tão mirabolante poderia ter-lhes ocorrido? E podemos imaginar sua surpresa quando, no dia seguinte, Bremen inteira ficou sabendo que "o monte de latão" que eles haviam carregado com tanto desdém para a delegacia, sem se preocupar em colocar nem um pedacinho no bolso, não só era ouro – ouro de verdade – como também um ouro mais fino do que qualquer usado para fazer moedas; na verdade, era absolutamente puro, virgem, sem a mínima liga que pudesse ser identificada.

Não preciso entrar em detalhes sobre a confissão de Von Kempelen (na medida em que a fez) e sua liberação, pois o público já está ciente disso. Nenhuma pessoa sã pode duvidar do fato de que ele realmente alcançou, teórica e efetivamente, para não dizer ao pé da letra, o velho sonho quimérico da pedra filosofal. As opiniões de Arago são, é claro, dignas da maior consideração, mas este não é de forma alguma infalível, e o que diz sobre bismuto, em seu relatório para a Academia, deve ser lido com uma pitada de desconfiança. A verdade nua e crua é que, até agora, todas as análises falharam, e até que Von Kempelen decida permitir que tenhamos a chave de seu enigma, o mais provável é que a questão permaneça, durante anos, do jeito que está. Tudo o que pode ser dito com segurança é que "ouro puro pode ser feito à vontade, e prontamente, a partir do chumbo, combinado com certas outras substâncias, o tipo e as proporções das quais desconhecemos".

Há, é claro, muita especulação sobre os resultados imediatos e derradeiros dessa descoberta, em relação à qual poucos seres pensantes hesitariam em se referir ao aumento do interesse na questão do ouro em geral, devido aos últimos acontecimentos na Califórnia; e essa reflexão nos leva inevitavelmente a outra: o momento extremamente inoportuno da análise de Von Kempelen. Se muitas pessoas deixaram de se aventurar na Califórnia, devido à mera preocupação de que o ouro diminuiria tanto de valor, por causa de sua abundância nas minas de lá, a ponto de fazer com que a aposta de ir tão longe em sua busca se tornasse duvidosa, que impressão será causada agora, na mente daqueles a ponto de emigrarem, especialmente na mente daqueles que já estão na região das minas, pelo anúncio dessa descoberta surpreendente de Von Kempelen? Descoberta esta que diz claramente que, além de seu valor intrínseco para fins de fabricação (qualquer que seja esse valor), o ouro agora é, ou logo será (pois não podemos supor que Von Kempelen conseguirá guardar seu segredo por muito mais tempo), tão valioso quanto o chumbo, e muito menos do que a prata. É, realmente, extremamente difícil especular prospectivamente sobre as consequências da descoberta, mas podemos declarar uma coisa com segurança: que o anúncio da descoberta, há seis meses, teria influenciado a ocupação da Califórnia de forma relevante.

Na Europa, por enquanto, os resultados mais perceptíveis foram um aumento de 200 por cento no preço do chumbo, e quase 25 por cento no da prata.

REVELAÇÃO MESMERIANA

Por mais dúvidas que ainda possam circundar o raciocínio por trás do mesmerismo,[1] seus fatos surpreendentes são, agora, quase que universalmente admitidos. Aqueles que ainda duvidam desses últimos são os céticos profissionais; uma tribo improfícua e inidônea. Não há perda de tempo maior do que tentar provar, atualmente, que os seres humanos, através do mero exercício de sua vontade, conseguem impressionar seus semelhantes a tal ponto que os levam a uma condição anormal, cujos fenômenos assemelham-se muito aos da morte, ou, no mínimo, assemelham-se a estes mais do que a quaisquer fenômenos de outras condições normais que conhecemos; que, neste estado, a pessoa sob os efeitos da impressão consegue usar, com muito esforço e bem fracamente, os órgãos externos dos sentidos, mas mesmo assim percebe, com uma percepção altamente refinada, e através de canais supostamente desconhecidos, questões que estão além do escopo dos órgãos físicos; que, ademais, suas faculdades intelectuais ficam maravilhosamente exaltadas e revigoradas; que sua conexão com a pessoa que está controlando suas impressões é profunda; e, finalmente, que sua suscetibilidade à impressão aumenta com a frequência, enquanto que, na mesma proporção, os fenômenos peculiares provocados são mais extensos e pronunciados.

Digo que seria uma supererrogação demonstrar esses efeitos – que são as leis do mesmerismo, em suas características gerais; tampouco farei com que meus leitores aguentem uma demonstração tão desnecessária, hoje em dia. Meu objetivo, com este texto, é bastante diferente. Sinto-me na obrigação, ainda que enfrente um mundo de preconceitos, de detalhar, sem fazer quaisquer comentários, o conteúdo surpreendente de um colóquio que ocorreu entre mim e um sonâmbulo.

Já fazia tempo que eu tinha o hábito de mesmerizar a pessoa em questão (o sr. Vankirk), e as costumeiras suscetibilidade e exaltação

1 N. da T.: Doutrina criada pelo médico alemão Franz Anton Mesmer no século 18, que consistia em induzir um estado de transe, semelhante à hipnose.

agudas da percepção mesmérica haviam ocorrido. Por muitos meses, ele vinha sofrendo com uma tuberculose pulmonar diagnosticada, cujos efeitos mais perturbadores haviam sido aliviados por minhas manipulações; e, na noite de quarta-feira, dia 15 do mês corrente, fui chamado para visitá-lo em seu quarto.

O inválido sofria de dores agudas na região do coração, e respirava com muita dificuldade, apresentando todos os sintomas da asma. Durante aqueles espasmos, ele costumava sentir alívio com a aplicação de mostarda em seus centros nervosos, mas, naquela noite, a tentativa havia sido em vão.

Quando entrei em seu quarto, ele recebeu-me com um sorriso alegre e, apesar de estar evidentemente com muita dor física, parecia estar, mentalmente falando, bem tranquilo.

– Pedi que viesse esta noite – disse ele –, não para tratar de meu mal físico, e sim para explicar-me certas impressões psíquicas que têm me causado muita ansiedade e surpresa. Não preciso dizer como tenho sido cético em relação ao assunto da imortalidade da alma. Não posso negar que sempre existiu, como que dentro daquela mesma alma que sempre refutei, um vago pressentimento de sua existência. Mas esse pressentimento nunca chegou a ser uma convicção. Minha razão não tinha nada a ver com ele. Todas as tentativas de uma investigação racional, na verdade, acabaram deixando-me mais cético do que antes. Havia sido aconselhado a estudar Cousin. Estudei-o através de suas próprias obras, assim como as de seus seguidores europeus e americanos. O *Charles Elwood*, do sr. Brownson, por exemplo, foi colocado em minhas mãos. Li-o com profunda atenção. Ao longo da obra, achei-a lógica, mas as partes que não eram meramente lógicas eram, infelizmente, os argumentos iniciais de seu herói cético. Em suas conclusões, pareceu-me evidente que o protagonista não conseguira convencer nem a si mesmo. Seu final claramente esqueceu de seu início, como o governo de Trínculo. Em resumo, não demorei a perceber que, se for para convencer alguém de sua própria imortalidade, a pessoa jamais será convencida pelas meras abstrações que têm sido, até agora, a moda dos moralistas da Inglaterra, da França e da Alemanha. Abstrações podem divertir e exercitar, mas não tomam conta da mente. Aqui na Terra, pelo menos, estou convencido de que a filosofia sempre nos convocará em vão a examinar as qualidades como se fossem coisas. A vontade pode consentir, mas a alma, o intelecto, nunca.

Repito, então, que só tive um pressentimento, e nunca acreditara intelectualmente. Mas, nos últimos tempos, esse pressentimento se aprofundou, de certa forma, até chegar a parecer-se tanto com a aquiescência da razão, que senti dificuldade em distinguir entre os dois. Também consigo traçar perfeitamente a origem desse efeito à influência mesmérica. Não consigo explicar o que quero dizer de modo melhor do que referindo-me à hipótese de que a exaltação mesmérica permite-me perceber uma linha de raciocínio que, em minha existência anormal, convence-me, mas que, de pleno acordo com os fenômenos mesméricos, não se estende, exceto através de seus efeitos, até minha condição normal. Durante o sonambulismo, o raciocínio e sua conclusão – sua causa e seu efeito – estão presentes juntos. Em meu estado natural, quando a causa desaparece, somente o efeito permanece, e ainda assim talvez apenas em parte.

Essas considerações levaram-me a pensar que alguns bons resultados podem ser obtidos com uma série de perguntas bem direcionadas, feitas a mim sob o efeito da mesmerização. Você mesmo já observou o profundo autoconhecimento demonstrado pelo sonâmbulo, os extensos conhecimentos que exibe sobre todos os assuntos relativos à condição mesmérica em si; e, com base nesse autoconhecimento, podem ser deduzidas dicas para a adequada condução de um catecismo.

Concordei, é claro, em conduzir tal experimento. Alguns gestos fizeram com que o sr. Vankirk mergulhasse no sono mesmérico. Sua respiração ficou imediatamente mais tranquila, e ele não parecia estar sofrendo de nenhum desconforto físico. A seguinte conversa seguiu-se, então, com a letra "V", no diálogo, representando o paciente, e "P" eu mesmo.

P.: Está dormindo?

V.: Sim... não. Gostaria de dormir mais profundamente.

P.: [*Após alguns gestos*] Está dormindo, agora?

V.: Sim.

P.: Como acha que sua doença atual acabará?

V.: [*Após um longo período de hesitação, e parecendo esforçar-se para falar*] Devo morrer.

P.: A ideia da morte te aflige?

V.: [*Muito rapidamente*] Não... não!

P.: A possibilidade te agrada?

V.: Se eu estivesse acordado, gostaria de morrer, mas agora não tem importância. A condição mesmérica é parecida o suficiente com a morte para contentar-me.

P.: Gostaria que explicasse o que quer dizer, sr. Vankirk.

V.: Estou disposto a fazê-lo, mas exige mais esforço do que sinto-me capaz de despender. Você não perguntou direito.

P.: O que devo perguntar, então?

V.: Precisa começar pelo início.

P.: O início! Onde é o início?

V.: Você sabe que o início é DEUS [*Isto foi dito em um tom baixo e modulado, dando todos os sinais da mais profunda veneração*].

P.: O que, então, é Deus?

V: [*Hesitando por vários minutos*] Não sei dizer.

P.: Deus não é o espírito?

V.: Enquanto estava acordado, sabia o que você queria dizer com "espírito", mas agora parece-me apenas uma palavra, como verdade ou beleza... uma qualidade, quero dizer.

P.: Deus não é imaterial?

V.: Não existe imaterialidade; é apenas uma palavra. Aquilo que não é matéria não é nada. A não ser que as qualidades sejam coisas.

P.: Deus, então, é material?

N.: Não [*Esta resposta surpreendeu-me muito*].

P.: O que é ele, então?

V.: [*Após uma longa pausa, murmurando*] Entendo. Mas é algo difícil de dizer [*outra longa pausa*]. Ele não é espírito, pois ele existe. Tampouco é matéria, *da forma como você entende esse conceito*. Mas há gradações da matéria, sobre as quais os seres humanos não sabem nada; a mais pesada impelindo a mais leve, a mais leve permeando a mais pesada. A atmosfera, por exemplo, impele o princípio elétrico, enquanto o princípio elétrico permeia a atmosfera. Essas gradações da matéria aumentam de raridade ou leveza, até que chegamos a uma matéria *imparticulada* – sem partículas –, indivisível, única, e nela a lei da impulsão e permeação é modificada. A matéria última, ou imparticulada, não só permeia todas as coisas como também as impele; e assim *são* todas as coisas dentro de si. Essa matéria é Deus. O que os seres humanos tentam personificar na palavra "pensamento" é essa matéria em movimento.

P.: Os metafísicos defendem que toda a ação é reduzível ao movimento e ao pensamento, e que este último dá origem ao primeiro.

V.: Sim; e agora entendo a confusão da ideia. O movimento é a ação da *mente*, e não do *pensamento*. A matéria imparticulada, ou Deus, em repouso, é (até onde podemos conceber) o que chamamos de mente. E o poder de automovimento (equivalente, quanto a seus efeitos, à volição humana) é, na matéria imparticulada, o resultado de sua unidade e oniprevalência; como, não sei dizer, e agora vejo claramente que nunca saberei. Mas a matéria imparticulada, colocada em movimento por uma lei, ou qualidade, existindo dentro de si mesma, é o pensamento.

P.: Pode dar-me uma ideia mais precisa do que chama de "matéria imparticulada"?

V.: As matérias que conhecemos escapam dos sentidos, em suas gradações. Temos, por exemplo, um metal, um pedaço de madeira, uma gota de água, a atmosfera, um gás, calorias, eletricidade, o éter luminoso. Chamamos todas essas coisas de matéria, e abarcamos todas as matérias em uma definição geral; porém, apesar disso, não pode haver duas ideias mais essencialmente distintas do que aquela com a qual nos referimos a um metal e aquela com a qual nos referimos ao éter luminoso. Quando chegamos a este último, sentimos uma inclinação quase que irresistível de classificá-lo junto com o espírito ou com o nada. A única consideração que nos impede é nossa ideia de sua constituição atômica; e, até mesmo nesse ponto, temos que buscar ajuda de nossa concepção de um átomo como algo que possui, de forma infinitamente pequena, solidez, palpabilidade e peso. Destrua a ideia de constituição atômica e não conseguiremos mais considerar o éter como uma entidade, pelo menos não como matéria. Por falta de palavra melhor, poderíamos chamá-lo de espírito. Agora, vamos dar um passo além do éter luminoso: concebamos uma matéria tão mais rara do que o éter, quanto o éter é mais raro do que o metal, e imediatamente chegamos (apesar de todos os dogmas intelectuais) em uma massa singular: uma massa imparticulada. Pois apesar de podermos admitir uma pequenez infinita nos próprios átomos, a infinidade da pequenez dos espaços entre eles é algo absurdo. Chegará a um ponto, haverá um grau de raridade, no qual, se os átomos forem suficientemente numerosos, os espaços entre eles desaparecerão, e a massa ficará absolutamente amalgamada. Mas tendo retirado a consideração sobre a constituição atômica a natureza da massa inevitavelmente transforma-se no que concebemos como espírito. Fica claro, contudo, que é tão matéria quanto era antes. A verdade é que é impossível conceber o espírito, visto que é impossível imaginar o que ele não é. Quando nos gabamos de termos formado uma concepção, apenas enganamos nosso entendimento, com a consideração da matéria infinitamente rarefeita.

P.: Parece-me haver uma objeção insuperável à ideia de amalgamação absoluta, que é a pouquíssima resistência que os corpos celestes sofrem durante suas revoluções através do espaço; resistência esta que descobriram, é verdade, existir até certo ponto, mas que é, ainda assim, discreta o suficiente para ter passado despercebida até mesmo pela sagacidade de Newton. Sabemos que a resistência dos corpos é, principalmente, proporcional à sua densidade. Uma amalgamação absoluta é densidade absoluta. Onde não houver espaços entre os átomos, o corpo não pode ceder. Um éter absolutamente denso causaria uma interrupção infinitamente mais eficaz ao progresso de uma estrela do que um éter de diamante ou ferro.

V.: Sua objeção pode ser respondida com uma facilidade quase que proporcional à aparente impossibilidade de resposta. No que tange ao progresso da estrela, não faz diferença se a estrela passa pelo éter ou se o éter passa por ela. Não há erro astronômico mais inexplicável do que aquele que concilia a retardação conhecida dos cometas com a ideia de sua passagem pelo éter, pois, por mais raro que isso possa ser, ele pararia toda revolução sideral dentro de um período muito mais curto do que é admitido pelos astrônomos que tentaram passar rapidamente por cima de um assunto que acharam impossível de compreender. A retardação efetivamente experimentada é, por outro lado, mais ou menos aquela que se pode esperar da fricção do éter na passagem instantânea pela esfera. No primeiro caso, a força retardante é momentânea e completa em si mesma; no outro, é infinitamente acumulativa.

P.: Mas em tudo isso, nesta identificação da mera matéria com Deus, não há um toque de irreverência [*Fui forçado a repetir esta pergunta antes de o sonâmbulo entender por completo o que quis dizer*]?

V.: Consegue me dizer *por que* a matéria deve ser menos reverenciada do que a mente? Mas está esquecendo que a matéria à qual me refiro é, em todos os aspectos, a própria "mente" ou o "espírito" de que falam os acadêmicos, no que tange a suas capacidades elevadas, e é, ademais, a "matéria" estudada por esses eruditos, ao mesmo tempo. Deus, com todos os poderes atribuídos ao espírito, não é nada além da perfeição da matéria.

P.: Assevera, então, que a matéria imparticulada, em movimento, é o pensamento?

V.: No geral, esse movimento é o pensamento universal da mente universal. Esse pensamento cria. Todas as coisas criadas são apenas os pensamentos de Deus.

P.: Você disse "no geral".

V.: Sim. A mente universal é Deus. Para novas individualidades, a *matéria* é necessária.

P.: Mas agora fala da "mente" e da "matéria". como fazem os metafísicos.

V.: Sim, para evitar confusão. Quando digo "mente", quero dizer a matéria imparticulada, ou suprema; com "matéria", refiro-me a todo o resto.

P.: Estava dizendo que "para novas individualidades, a matéria é necessária".

V.: Sim; pois a mente, existindo desincorporada, é apenas Deus. Para criar seres individuais e pensantes, foi necessário encarnar partes da mente divina. Assim, o homem é individualizado. Destituído de sua investidura incorporada, ele é Deus. Agora, o movimento particular das partes encarnadas da matéria imparticulada é o pensamento do homem, assim como o movimento do todo é o de Deus.

P.: Está dizendo que, destituído de corpo, o homem será Deus?

V.: [*Após muita hesitação*] Não posso ter dito isso; isso é um absurdo.

P.: [*Relendo minhas anotações*] Você disse, sim, que "destituído de sua investidura incorporada, o homem é Deus".

V.: E é verdade. O homem assim destituído *seria* Deus; seria desindividualizado. Mas jamais poderá ser destituído, pelo menos, nunca *será*; ou teríamos que imaginar um ato de Deus voltando para si mesmo, um ato despropositado e fútil. O homem é uma criatura. Criaturas são pensamentos de Deus. É da natureza do pensamento ser irrevogável.

P.: Não compreendo. Está dizendo que o homem nunca se livrará do corpo?

V.: Estou dizendo que nunca será incorpóreo.

P.: Explique.

V.: Há dois corpos: o rudimentar e o completo, que correspondem às duas condições da lagarta e da borboleta. O que chamamos de "morte" não é nada além da dolorosa metamorfose. Nossa encarnação atual é progressiva, preparatória, temporária. Nossa futura é perfeita, suprema, imortal. A vida suprema é o desígnio completo.

P.: Mas temos conhecimentos palpáveis da metamorfose da lagarta.

V.: *Nós*, certamente; mas a lagarta não. A matéria que compõe nosso corpo rudimentar está dentro do conhecimento dos órgãos do corpo; ou, mais distintamente, nossos órgãos rudimentares são adaptados à matéria que forma o corpo rudimentar, mas não àquela que compõe o corpo supremo. O corpo supremo, assim, escapa a nossos sentidos rudimentares, e percebemos apenas a casca que cai, ao se decompor, da forma interna, e não esta forma interna em si; mas esta forma interna, assim como a casca, pode ser apreciada por aqueles que já adquiriram a vida suprema.

P.: Disse várias vezes que o estado mesmérico assemelha-se muito à morte. Como é isso?

V.: Quando digo que parece a morte, quero dizer que parece com a vida suprema; pois quando estou em transe, os sentidos de minha vida rudimentar estão em suspensão, e percebo as coisas externas diretamente, sem órgãos, através de um meio que utilizarei na vida suprema e desorganizada.

P.: Desorganizada?

V.: Sim; os órgãos são aparelhos pelos quais o indivíduo entra em contato sensível com classes e formas particulares da matéria, excluindo outras classes e formas. Os órgãos dos homens estão adaptados à sua condição rudimentar, e apenas a ela; sua condição derradeira, por não ter órgãos, é de compreensão ilimitada de todos os pontos, a não ser um: a natureza da volição de Deus, quero dizer, o movimento da matéria imparticulada. Terá uma ideia clara do corpo supremo se concebê-lo como um cérebro inteiro. Não é isso que ele é, mas essa comparação lhe ajudará a entender sua natureza. Um corpo brilhante manda vibrações para o éter luminoso. As vibrações geram outras semelhantes dentro da retina; estas, novamente, comunicam outras semelhantes para o nervo óptico. O nervo transmite outras semelhantes para o cérebro; o cérebro, por sua vez, envia outras semelhantes para a matéria imparticulada que o permeia. O movimento dessa última é o pensamento, a primeira ondulação do qual é a percepção. É este o modo com o qual a mente da vida rudimentar se comunica com o mundo externo; e este mundo externo é, para a vida rudimentar, limitado pela idiossincrasia de seus órgãos. Mas na vida suprema e sem órgãos o mundo externo alcança o corpo inteiro (que é feito de uma substância que tem afinidade com o cérebro, como já disse), sem qualquer intervenção que não a de um éter infinitamente mais raro do que o luminoso; e com este éter, em uníssono, o corpo inteiro vibra, colocando em movimento a matéria imparticulada que o permeia. É à ausência de órgãos idiossincráticos, portanto, que devemos atribuir a quase ilimitada percepção da vida suprema. Para seres rudimentares, os órgãos são as jaulas necessárias para confiná-los até que se libertem.

P.: Você menciona "seres" rudimentares. Há outros seres pensantes rudimentares, além dos humanos?

V.: A conglomeração multitudinária de matéria rara que forma nébulas, planetas, sóis e outros corpos que não sejam nébulas, sóis ou planetas, serve unicamente para fornecer *pabulum* para a idiossincrasia dos órgãos de uma infinidade de seres rudimentares. Se não fosse pela necessidade do rudimentar, antes da vida suprema, não haveria corpos como esses. Cada um desses é ocupado por uma distinta variedade de criaturas orgânicas, rudimentares e pensantes. No geral, os órgãos variam de acordo com as características da morada. Na morte, ou metamorfose, essas criaturas, usufruindo da vida suprema – imortalidade – e conhecedoras de todos os segredos, *menos aquele*, atuam em todas as coisas e passam por todos os lugares, meramente por sua própria vontade: habitando não as estrelas, que nos parecem ser as únicas palpabilidades, e para a acomodação das quais pensamos, cegamente, que o espaço foi criado, mas aquele ESPAÇO em si, aquela infinidade, cuja vastidão verdadeiramente substantiva engole as sombras das estrelas, expurgando-as da percepção dos anjos como se fossem insignificantes.

P.: Disse que "se não fosse pela *necessidade* da vida rudimentar", não haveria estrelas. Mas por que essa necessidade?

V.: Na vida inorgânica, assim como na matéria inorgânica em geral, não há nada que impeça a ação de uma lei simples e *singular:* a Volição Divina. Para produzir um impedimento, a vida e a matéria orgânicas (complexas, substanciais e restringidas por leis) foram concebidas.

P.: Mas, pergunto novamente, por que esse impedimento foi criado?

V.: O resultado da lei inviolada é a perfeição, o certo, a felicidade negativa. O resultado da lei violada é a imperfeição, o errado, a dor positiva. Através dos impedimentos causados pela quantidade, complexidade e substancialidade das leis da vida e da matéria orgânicas, a violação da lei é tornada, até certo ponto, praticável. Assim, a dor, que é impossível na vida inorgânica, é possível na orgânica.

P.: Mas para que resultado positivo é a dor tornada possível?

V.: Todas as coisas são boas ou ruins por comparação. Uma análise suficiente mostrará que o prazer, em todos os casos, é apenas o contraste com a dor. O prazer *positivo* é uma mera ideia. Para sermos felizes, em qualquer momento, precisamos ter sofrido da mesma forma. Nunca sofrer seria nunca ter sido abençoado. Mas foi demonstrado que, na vida inorgânica, a dor não pode ser a necessidade para a orgânica. A dor da vida primitiva na Terra é a única base da bem-aventurança na vida suprema no céu.

P.: Ainda assim, uma de suas expressões acho impossível entender: "a vastidão verdadeiramente *substantiva* da infinidade".

V.: Isto é provavelmente porque você não tem uma concepção suficientemente genérica do termo *"substância"* em si. Não devemos considerá-lo uma qualidade, e sim um sentimento: é a percepção, nos seres pensantes, da adaptação da matéria à sua organização. Há diversas coisas na Terra que seriam nulas para os habitantes de Vênus; muitas coisas visíveis e tangíveis em Vênus, cuja existência não conseguiríamos identificar. Mas, para as criaturas inorgânicas – para os anjos –, toda a matéria imparticulada é substância; quero dizer que tudo o que chamamos de "espaço" é, para eles, a mais verdadeira das substancialidades. As estrelas, enquanto isso, através daquilo que consideramos sua materialidade, escapando do sentido angélico, em justa proporção à matéria imparticulada, através do que chamamos de sua imaterialidade, fogem do orgânico.

Quando o sonâmbulo pronunciou estas últimas palavras, em um tom fraco, observei em seu semblante uma expressão singular, que alarmou-me um pouco, e fez com que eu o acordasse imediatamente. Assim que o fiz, um sorriso tomou conta de suas feições, ele recostou-se sobre seu travesseiro e morreu. Reparei que, em menos de um minuto, seu corpo estava rígido como uma pedra, e sua fronte fria como o gelo. Deveria ter adquirido tal aparência somente após um longo período de pressão das mãos de Azrael.[2] Será que o sonâmbulo estivera, durante a última parte de seu discurso, dirigindo-se a mim da região das sombras?

---

2 N. da T.: Arcanjo em certas tradições hebraicas.

OS FATOS SOBRE O CASO DE M. VALDEMAR

Decerto que não fingirei surpresa com o fato de que o extraordinário caso de M. Valdemar ensejou discussões. Seria um milagre se não houvesse, especialmente dadas as circunstâncias. Devido ao desejo de todas as partes envolvidas, de manter o assunto longe do público, pelo menos por enquanto, ou até que tivéssemos mais oportunidades de investigação – através de nossos esforços para conseguir fazer isso –, a fonte de várias declarações enganosas e desagradáveis, e, muito naturalmente, também de muita descrença.

Agora, tornou-se necessário que eu apresente os fatos, na medida em que eu mesmo os compreendo. São, sucintamente, os seguintes:

Minha atenção, pelos últimos três anos, foi repetidamente atraída pelo assunto do mesmerismo; e, há cerca de nove meses, ocorreu-me, muito repentinamente, que em uma série de experimentos feitos até então, havia uma omissão bastante notável e completamente inexplicável: ninguém fora, ainda, mesmerizado à beira da morte. Ainda precisava ser analisado, primeiro, se, sob aquelas condições, existia no paciente qualquer suscetibilidade à influência magnética; em segundo lugar, se existisse, se era atrapalhada ou aumentada pela condição; em terceiro, até que ponto, ou por quanto tempo, a incursão da morte poderia ser interrompida pelo processo. Havia outros pontos a serem averiguados, mas esses eram os que mais excitavam minha curiosidade; o último especialmente, devido à natureza imensamente importante de suas consequências.

Ao olhar ao meu redor, procurando um espécime com o qual testar tais detalhes, comecei a pensar em meu amigo M. Ernest Valdemar, o renomado compilador da "*Bibliotheca Forensica*" e autor (sob o pseudônimo Issachar Marx) das versões polonesas de *Wallenstein* e *Gargântua*. M. Valdemar, que tem residido principalmente no Harlem, em Nova York, desde 1839, é (ou era) particularmente notável pela extrema finura de sua pessoa – seus membros inferiores pareciam-se muito com os de John Randolph – e também pela brancura de seus bigodes, em contraste com a negrura de seus cabelos, o que fazia com que estes últimos fossem costumeiramente confundidos com uma peruca. Seu temperamento era sabidamente nervoso, e fazia com que fosse um bom objeto para um experimento mesmérico. Em duas ou três ocasiões, eu o colocara para dormir com pouca dificuldade, mas ficara decepcionado com outros resultados, que sua constituição peculiar naturalmente havia me levado a esperar. Sua vontade não ficou, em nenhuma das vezes, positiva ou completamente sob meu controle, e, em relação à clarividência, não consegui nada com ele, em que pudesse me basear. Sempre atribuíra meu fracasso nesses quesitos ao estado desordenado de sua saúde. Por alguns meses, antes de conhecê-lo, seus médicos o haviam diagnosticado com tuberculose. Ele tinha o costume, na verdade, de falar calmamente sobre sua iminente dissolução, como algo que não deveria ser evitado nem amargado.

Quando as ideias às quais me refiro primeiro me ocorreram, foi bastante natural, é claro, eu ter pensado em M. Valdemar. Conhecia sua filosofia sólida bem demais, para imaginar que ele teria qualquer escrúpulo; e ele não tinha parentes nos Estados Unidos, que pudessem interferir. Conversei francamente com ele sobre o assunto e, para minha surpresa, pareceu despertar vividamente seu interesse. Digo que foi para minha surpresa porque, apesar de sempre dispor-se a participar de meus experimentos, nunca dera qualquer demonstração de que simpatizava com o que eu fazia. Sua doença era daquele tipo que permitia um cálculo exato do momento em que terminaria em morte, e acabamos combinando que ele me chamaria cerca de 24 horas antes do período anunciado por seus médicos como o momento de seu falecimento.

Já faz mais de sete meses desde que recebi, do próprio M. Valdemar, o seguinte bilhete:

"*Meu caro P–,*

Pode vir agora. D– e F– concordam que não passarei da meia-noite de amanhã, e acho que calcularam o momento com bastante precisão.

Valdemar."

Recebi o bilhete meia hora depois de ter escrito, e dentro de mais 15 minutos já estava no quarto do moribundo. Fazia dez dias que não o via, e fiquei estarrecido com a medonha mudança que aquele intervalo de tempo ensejara. Seu rosto estava com um tom acinzentado; seus olhos não tinham absolutamente nenhum brilho; e sua emaciação era tão extrema, que a pele estava esticada pelas maçãs do rosto. Sua expectoração era excessiva, e o pulso quase que imperceptível. Ainda assim, era impressionante como ainda estava de posse de suas faculdades mentais e um certo grau de força física. Falava claramente, tomava alguns remédios paliativos sem auxílio e, quando entrei no quarto, ocupava-se fazendo anotações em um caderno. Estava sentado na cama, recostado sobre travesseiros. Os doutores D– e F– estavam presentes.

Após apertar a mão de Valdemar, levei os cavalheiros para um canto e pedi um relato detalhado da condição do paciente. O pulmão esquerdo passara os últimos 18 meses em um estado semiósseo ou cartilaginoso, e estava, é claro, inteiramente inútil para todos os fins da vida. A parte superior do direito também estava parcial, se não inteiramente, ossificada, enquanto que a região inferior era uma mera massa de tubérculos purulentos, um em cima do outro. Havia várias perfurações extensas, e uma certa parte aderira permanentemente às costelas. Essas aparições no lobo direito eram comparativamente recentes. A ossificação progredira com uma rapidez bastante incomum; nenhum sinal da mesma fora descoberto um mês antes, e a adesão só fora observada nos últimos três dias. Independentemente da tuberculose, havia suspeitas de que o paciente tivera um aneurisma na aorta, mas quanto a esta questão os sintomas de ossificação impossibilitavam um diagnóstico exato. Os dois médicos eram da opinião de que M. Valdemar morreria por volta da meia-noite do dia seguinte (domingo). Naquele momento, eram 7 horas da noite de sábado.

Ao sair da cabeceira do inválido para conversar comigo, os doutores D– e F– despediram-se dele pela última vez. Não pretendiam voltar, mas concordaram com meu pedido para que voltassem para ver o paciente por volta das 10 horas da noite de amanhã.

Após partirem, falei francamente com M. Valdemar sobre o assunto de sua iminente dissolução, assim como, mais particularmente, sobre o experimento proposto. Declarou continuar perfeitamente disposto, e até mesmo ansioso para que o conduzíssemos, e instou-me a começar de imediato. Um enfermeiro e uma enfermeira estavam presentes, mas não senti-me completamente livre para realizar uma tarefa daquele tipo sem uma testemunha mais confiável do que aquelas pessoas, em caso de algum acidente repentino. Portanto, adiei as operações até cerca das 8 horas da noite seguinte, quando a chegada de um estudante de medicina que era meu conhecido (o sr. Theodore L-l) livrou-me de entraves adicionais. Eu pretendera, de início, esperar os médicos, mas fui induzido a prosseguir, primeiro pelos pedidos urgentes de M. Valdemar, e segundo por minha convicção de que não tinha um segundo a perder, pois ele estava evidentemente esvaindo-se rapidamente.

O sr. L-l fez a gentileza de atender ao meu pedido de que anotasse tudo o que ocorresse, e é com base em seus registros que narro o presente, em sua maior parte condensado ou copiado verbatim.

Faltavam 5 minutos para as 8 quando, segurando a mão do paciente, implorei-lhe que declarasse, com a maior clareza possível, ao sr. L-l, se ele (M. Valdemar) estava inteiramente de acordo com meu experimento de mesmerizá-lo na condição em que se encontrava.

Ele respondeu, fraca porém audivelmente:

– Sim, é o que desejo. Receio que o senhor tenha mesmerizado... – acrescentou imediatamente: – ... tenha demorado demais.

Quando terminou de falar, comecei os gestos que já sabia serem os mais eficazes para subjugá-lo. Ficou evidentemente influenciado com o primeiro movimento lateral de minha mão sobre sua testa; porém, apesar de todos os meus esforços, nenhum outro efeito perceptível ocorreu, até alguns minutos depois das 10, quando os doutores D– e F– chegaram, conforme havia sido combinado. Expliquei a eles, em poucas palavras, o que pretendia fazer, e visto que não fizeram objeção, dizendo que o paciente já estava prestes a falecer, prossegui sem hesitar; trocando, contudo, os gestos laterais por horizontais, e dirigindo meu olhar completamente para o olho direito do doente.

Àquela altura, seu pulso estava imperceptível e sua respiração difícil, ocorrendo em intervalos de 30 segundos.

Tal condição manteve-se quase que inalterada, por 15 minutos. Ao final desse período, entretanto, um suspiro natural, ainda que muito profundo, escapou do peito do moribundo, e a respiração dificultosa cessou; quero dizer, a dificuldade em respirar não estava mais aparente, mas os intervalos não diminuíram. As extremidades do paciente estavam frias como o gelo.

Aos 5 minutos para as 11, percebi sinais inequívocos da influência mesmérica. O revirar de olhos vidrados foi substituído por aquela expressão de reflexão interna irrequieta, que nunca se vê, exceto em casos de sonambulismo, e que é impossível de se confundir. Com alguns rápidos gestos laterais, fiz suas pálpebras tremerem, como se estivesse pegando no sono, e com mais alguns fiz com que se fechassem por completo. Contudo, não fiquei satisfeito com aquilo, e continuei as manipulações vigorosamente, usando todo o poder de minha vontade, até fazer com que os membros do paciente estivessem totalmente enrijecidos, após tê-los colocado em uma posição aparentemente confortável. As pernas estavam esticadas, e os braços quase, repousando sobre a cama, a uma distância moderada da cintura. A cabeça estava ligeiramente elevada.

Quando terminei, já era meia-noite, e pedi que os cavalheiros ali presentes examinassem a condição de M. Valdemar. Após alguns experimentos, confirmaram que estava em um estado incomumente perfeito de transe mesmérico. A curiosidade de ambos os médicos fora aguçada. O dr. D– decidiu imediatamente permanecer com o paciente a noite toda, enquanto que o dr. F– partiu, prometendo voltar ao raiar do dia. O sr. L-l e os enfermeiros ficaram.

Deixamos M. Valdemar absolutamente imperturbado até às 3 da manhã, quando aproximei-me dele e vi que estava exatamente na mesma condição que estivera quando o dr. F– partira; quero dizer, jazia na mesma posição, seu pulso estava imperceptível, sua respiração estava tranquila (quase que indiscernível, a não ser que se colocasse um espelho na frente de seus lábios), os olhos fechados naturalmente e os membros rígidos e frios como o mármore. Ainda assim, sua aparência geral claramente não era de que estava morto.

Ao aproximar-me dele, fiz um pequeno esforço para fazer com que seu braço direito acompanhasse o meu, gesticulando gentilmente de um lado para o outro, acima de sua pessoa. Nos experimentos com aquele paciente, eu jamais fora completamente bem-sucedido, e certamente não pensara que conseguiria naquela ocasião; mas, para minha surpresa, seu braço seguiu todas as direções que indiquei com o meu, imediata, porém fracamente. Decidi arriscar algumas palavras.

– M. Valdemar – disse –, está dormindo?

Não respondeu, mas percebi um tremor em seus lábios, o que me fez repetir a pergunta, de novo e de novo. Ao repeti-la pela terceira vez, todo o seu corpo agitou-se com um estremecimento bem tênue; suas pálpebras se abriram apenas o suficiente para mostrar uma linha branca do globo ocular; seus lábios moveram-se devagar, e deles saíram as seguintes palavras, em um sussurro quase que inaudível:
– Sim; dormindo, agora. Não me acorde! Deixe-me morrer deste jeito.

Naquele momento, apalpei seus membros e vi que estavam tão rígidos quanto antes. O braço direito novamente obedeceu a direção de minha mão. Perguntei para o sonâmbulo novamente:

– Ainda sente dores no peito, M. Valdemar?

Desta vez, a resposta foi imediata, mas ainda menos audível do que antes:

– Dor nenhuma... estou morrendo.

Não achei aconselhável perturbá-lo mais, e não disse ou fiz mais nada até a chegada do dr. F–, um pouco antes do nascer do sol, que expressou a maior surpresa ao encontrar o paciente ainda vivo. Após tomar seu pulso e colocar um espelho na frente de seus lábios, pediu para que eu falasse com o sonâmbulo novamente. Foi o que fiz, dizendo:

– M. Valdemar, continua dormindo?

Como antes, passaram-se alguns minutos antes que chegasse a resposta; e, durante aquele intervalo, o moribundo parecia estar juntando energias para falar. Ao repetir a pergunta pela quarta vez, ele respondeu, de forma bem fraca, quase que inaudível:
– Sim; dormindo, ainda... morrendo.

Àquela altura, os médicos opinaram – na verdade, pediram – que deixássemos M. Valdemar imperturbado, em sua condição aparentemente tranquila, até que sua morte chegasse, o que todos concordavam que ocorreria dentro de alguns minutos. Decidi, entretanto, falar com ele mais uma vez, e apenas repeti minha pergunta.

Enquanto eu falava, uma mudança drástica tomou conta do semblante do sonâmbulo. Seus olhos se abriram, com as pupilas desaparecendo para cima; sua pele adquiriu um tom cadavérico, parecendo-se não tanto com pergaminho quanto com papel branco; e os buracos circulares, que até então estavam bem marcados no centro de cada uma de suas faces, desapareceram imediatamente. Uso essa expressão porque a rapidez de seu sumiço me fez pensar em uma vela sendo apagada por um sopro. Seu lábio superior, ao mesmo tempo, retraiu-se para longe dos dentes, que antes cobrira por completo, enquanto a mandíbula abria-se com um movimento audível, deixando a boca totalmente aberta e exibindo claramente a língua inchada e enegrecida. Presumo que todos os presentes estivessem acostumados com os horrores do leito de morte, mas a aparência de M. Valdemar estava tão horrenda naquele momento, para além de toda compreensão, que houve um afastamento geral dos arredores da cama.

Sinto que cheguei a um ponto da narrativa em que todos os leitores ficarão atônitos a ponto da descrença. Contudo, tenho a obrigação de simplesmente prosseguir.

M. Valdemar não dava mais nenhum sinal de vitalidade; concluindo que estava morto, estávamos deixando-o a cargo dos enfermeiros, quando reparamos em um forte movimento vibratório em sua língua. Isso continuou por cerca de um minuto. Ao final, de suas mandíbulas distendidas e imóveis saiu uma voz, do tipo que seria inútil tentar descrever. Há, na verdade, dois ou três epítetos que podem ser considerados aplicáveis a ela, em parte; posso dizer, por exemplo, que o som era áspero, falho e oco; mas o horrível conjunto é indescritível, pelo simples motivo de que nenhum som semelhante já ofendera os ouvidos da humanidade. Houve dois detalhes, entretanto, que pensei na ocasião, e ainda penso, que podem ser considerados característicos da entonação, adequados para dar uma ideia de sua peculiaridade sobrenatural. Em primeiro lugar, a voz parecia chegar aos nossos ouvidos – pelo menos aos meus – de uma enorme distância ou de alguma caverna profunda nas entranhas da terra. Em segundo lugar, causou-me a mesma impressão (receio que seja impossível me fazer entender) que substâncias gelatinosas ou glutinosas causam ao tato.

Mencionei um "som" e uma "voz". O que quero dizer é que o som continha sílabas distintas, pode-se dizer que eram até mesmo maravilhosa e sensacionalmente distintas. M. Valdemar estava falando, obviamente em resposta à pergunta que eu lhe fizera alguns minutos antes.

Eu perguntara, como devem se lembrar, se ainda estava dormindo. Ele, então, respondeu:

– Sim... não... estava dormindo, e agora... agora... estou morto.

Nenhum dos presentes tentou negar ou reprimir o horror indizível e estarrecedor que aquelas poucas palavras, ditas daquela forma, conseguiram transmitir. O sr. L-l (o estudante) desmaiou. Os enfermeiros saíram imediatamente do quarto, e nada os convenceu a voltar. Não tentarei tornar minhas próprias impressões inteligíveis para os leitores. Por quase uma hora, nos dedicamos, em silêncio – sem pronunciar uma única palavra – a tentar reavivar o sr. L-l. Quando recobrou os sentidos, voltamos à investigação da condição de M. Valdemar.

Continuava, sob todos os aspectos, da forma que descrevi acima, exceto que o espelho não dava mais provas de respiração. Uma tentativa de tirar sangue de seu braço fracassou. Também devo mencionar que aquele membro não estava mais sujeito à minha vontade. Tentei em vão fazer com que seguisse a direção de minha mão. Na verdade, a única verdadeira indicação da influência mesmérica era o movimento vibratório da língua, sempre que eu fazia uma pergunta a M. Valdemar. Ele parecia estar esforçando-se para responder, mas não tinha mais volição suficiente. Parecia absolutamente insensível a indagações feitas por qualquer pessoa que não fosse eu, apesar de minhas tentativas de colocar cada membro do grupo em comunicação mesmérica com ele. Acredito que já relatei tudo o que é necessário para uma compreensão do estado do sonâmbulo naquele momento. Conseguimos outros enfermeiros, e, às 10 horas, saí da casa na companhia dos dois médicos e do sr. L-l.

À tarde, voltamos todos para ver o paciente. Sua condição continuava exatamente a mesma. Tivemos, então, uma discussão sobre quão adequado e viável seria acordá-lo, mas não foi difícil concordarmos que isso não traria nada de bom. Estava evidente que, até então, a morte (ou o que se costuma chamar de morte) fora interrompida pelo processo mesmérico. Pareceu claro a todos nós que acordar M. Valdemar significaria apenas garantir sua dissolução instantânea, ou, pelo menos, célere.

Daquele momento até o final da semana passada – um intervalo de quase sete meses –, continuamos a visitar diariamente a casa de M. Valdemar, acompanhados ocasionalmente por médicos e amigos. Durante todo aquele tempo, o sonâmbulo permaneceu exatamente como o descrevi por último. A atenção dos enfermeiros foi contínua.

Foi na última sexta-feira que finalmente decidimos fazer, ou tentar fazer, o experimento de acordá-lo; e foi, talvez, o infeliz resultado desse experimento que deu origem a tanta discussão em círculos particulares, àquela tamanha comoção popular, que considero desnecessária.

Para tirar M. Valdemar do transe mesmérico, usei os gestos costumeiros. Esses foram, por algum tempo, infrutíferos. A primeira indicação de seu restabelecimento foi uma descida parcial de suas írises. Observamos como especialmente notável que essa descida da pupila foi acompanhada pelo escorrimento de um fluido amarelado (por debaixo de suas pálpebras), com um odor pungente e altamente enjoativo.

Sugeriram, então, que eu tentasse influenciar o braço do paciente, como havia feito. Tentei e fracassei. O dr. F–, então, pediu que eu fizesse uma pergunta. Fiz conforme segue:

– M. Valdemar, consegue nos explicar quais são seus sentimentos ou desejos, neste momento?

Suas faces voltaram imediatamente a ficar encovadas; sua língua tremeu, ou, na verdade, enrolou-se tremendamente dentro da boca (apesar de as mandíbulas e os lábios permanecerem tão rígidos quanto antes) e, finalmente, a voz horrenda que já descrevi irrompeu:

– Pelo amor de Deus! Rápido, rápido! Coloque-me para dormir... ou rápido! Acorde-me! Rápido! Estou dizendo que estou morto!

Fiquei extremamente nervoso e, por um instante, não soube o que fazer. Primeiro tentei acalmar o paciente, mas, sem conseguir, devido à sua completa falta de vontade, refiz meus passos e esforcei-me para acordá-lo. Logo vi que essa tentativa seria bem-sucedida – pelo menos imaginei que meu sucesso seria completo –, e tenho certeza de que todos no quarto estavam preparados para ver o paciente acordar.

Mas é absolutamente impossível que qualquer ser humano estivesse preparado para o que realmente aconteceu.

Enquanto eu fazia os gestos mesméricos rapidamente, em meio a exclamações de "Morto! Morto!" que jorravam da língua, e não dos lábios, do sofredor, seu corpo inteiro imediatamente, dentro de um minuto, talvez até menos, encolheu, despedaçou-se, apodreceu por completo sob minhas mãos. Sobre a cama, perante todas aquelas pessoas, jazia uma massa quase líquida de repugnante, detestável putrescência.

O GATO PRETO

Na narrativa extraordinária, porém familiar, que estou prestes a escrever, não espero nem peço que acreditem. Seria louco de esperar, em um caso em que meus sentidos rejeitam suas próprias evidências. Contudo, louco não sou, e certamente que não estou sonhando. Mas morrerei amanhã, e gostaria de aliviar minha alma hoje. Meu propósito primeiro é colocar perante o mundo, de forma simples, sucinta e sem fazer comentários, uma série de meros eventos caseiros. As consequências desses eventos me aterrorizaram, torturaram, destruíram. Ainda assim, não tentarei comentá-los. Para mim, trouxeram pouca coisa que não o horror; para muitos, parecerão menos terríveis do que extravagâncias. No futuro, talvez, pode surgir algum intelecto que reduza minha assombração a algo comum; um intelecto mais calmo, mais lógico e muito menos excitável do que o meu próprio, que perceba, nas circunstâncias que relato com espanto, nada mais do que uma sucessão comum de causas e efeitos bastante naturais.

Desde minha infância, sou conhecido pela docilidade e humanidade de minha disposição. Meu coração terno sempre foi conspícuo o suficiente para tornar-me motivo de piada entre meus colegas. Costumava ser especialmente afeiçoado a animais, e meus pais faziam meus gostos dando-me uma grande variedade de bichinhos de estimação. Passava a maior parte do meu tempo com eles, e nunca estava mais feliz do que quando os alimentava e acariciava. Essa peculiaridade de meu caráter cresceu comigo e, depois de adulto, tornou-se uma das minhas principais fontes de prazer. Para aqueles que já nutriram afeto por um cão leal e sagaz, não preciso dar-me ao trabalho de explicar a natureza ou a intensidade da gratificação assim obtida. Existe algo no amor altruísta e abnegado de um animal que vai direto para o coração daquele que tem a oportunidade de testar a reles amizade e fidelidade tênue de um mero *ser humano*.

Casei-me cedo, e tive a felicidade de descobrir que minha esposa tinha uma disposição compatível com a minha. Reparando em minha parcialidade por animais de estimação, ela não perdia a oportunidade de pegar os mais agradáveis. Tínhamos pássaros, peixinhos dourados, um belo cão, coelhos, um pequeno macaco e um *gato*.

Este último era um animal notavelmente grande e formoso, inteiro preto e de uma sagacidade surpreendente. Ao falar sobre sua inteligência, minha esposa, que no fundo nutria um pouco de superstição, frequentemente aludia à antiga crença popular que considerava todos os gatos pretos bruxas disfarçadas. Não que ela estivesse falando sério quanto a isso, só menciono o assunto devido ao simples fato de que acabei de lembrar-me dele.

Plutão – este era o nome do gato – era meu animal preferido e companheiro de brincadeiras. Eu era o único que o alimentava, e ele me seguia pela casa, aonde fosse. Tinha até mesmo dificuldade em impedi-lo de seguir-me pelas ruas.

Nossa amizade perdurou dessa maneira, por muitos anos, durante os quais meu temperamento e minha natureza em geral, devido à ação do demônio da intemperança, havia passado por uma mudança radical para pior (o que envergonho-me de confessar). Fiquei, dia após dia, cada vez mais mal-humorado, irritável, insensível aos sentimentos dos outros. Cheguei a ponto de usar um linguajar destemperado com minha esposa. Finalmente, acabei por usar de violência física com ela. Meus bichos de estimação, é claro, sentiram a mudança em minha disposição. Não só os negligenciei como também os maltratei. Por Plutão, contudo, continuei a nutrir afeição suficiente para impedir-me de destratá-lo, apesar de não ter escrúpulos em destratar os coelhos, o macaco, até mesmo o cão, quando cruzavam meu caminho, por acidente ou por amor. Mas minha doença tomou conta de mim – pois que outra doença pode comparar-se ao álcool! – e, finalmente, até mesmo Plutão, que estava ficando velho, e consequentemente um pouco rabugento, começou a sofrer os efeitos de meu destempero.

Uma noite, ao voltar para casa, muito intoxicado, de um dos lugares que costumava frequentar na cidade, pensei que o gato estava evitando minha presença. Agarrei-o, e então ele, assustado com minha violência, causou um pequeno ferimento em minha mão, com seus dentes. Fui imediatamente possuído por uma fúria demoníaca. Não consegui controlar-me. Minha alma original pareceu, em um instante, sair de meu corpo, e uma malevolência mais do que diabólica, nutrida pelo gim, afetou cada fibra de meu corpo. Tirei um canivete do bolso do casaco, abri-o, agarrei o pobre animal pelo pescoço e deliberadamente arranquei um de seus olhos da órbita! Enrubesço, ardo de vergonha, estremeço, ao escrever esta execrável atrocidade.

Quando minha lucidez voltou, junto com o raiar do sol – quando o sono tinha feito evaporar os vapores da devassidão da noite anterior –, senti uma mistura de horror e remorso pelo crime que cometera; mas foi, no máximo, um sentimento fraco e duvidoso, e minha alma permaneceu intocada. Novamente deixei-me levar pelo excesso, e logo já afogara no vinho todas as lembranças de meu ato.

Enquanto isso, o gato se recuperava lentamente. É verdade que a órbita do olho que perdera tinha uma aparência horrorosa, mas não parecia estar mais com dor. Andava pela casa como de costume, mas, como seria de se esperar, fugia aterrorizado quando eu me aproximava. Ainda restava-me uma parte suficiente de meu antigo coração para que ficasse, de início, magoado com aquela evidente antipatia por parte da criatura que outrora me amara tanto. Mas esse sentimento logo deu lugar à irritação. E então sobreveio, como que para subjugar-me final e irrevogavelmente, o espírito da *perversão*. A filosofia não explica esse espírito. Ainda assim, tenho tanta certeza de que a perversão é um dos impulsos primitivos do coração humano, uma das faculdades primárias, ou sentimentos indivisíveis, que direcionam o caráter do homem, tanto quanto estou certo de que minha alma vive. Quem nunca já se pegou, centenas de vezes, cometendo um ato vil ou tolo, pelo único motivo de saber que não deveria? Não temos uma inclinação perpétua, no âmago de nosso discernimento, para violar aquilo que é *lei*, meramente porque o compreendemos como tal? Esse espírito da perversão, como digo, veio para causar minha queda derradeira. Foi aquele insondável desejo da alma de prejudicar a si mesma, de cometer violência contra sua própria natureza, de fazer o mal apenas por fazer, que instou-me a continuar, e finalmente consumar, o dano que infligira ao animal inocente. Numa manhã, a sangue frio, enrolei uma corda em seu pescoço e pendurei-o no galho de uma árvore; pendurei-o com lágrimas nos olhos, e com o remorso mais amargo em meu coração; pendurei-o justamente porque sabia que ele me amara, justamente porque tinha ciência de que não me dera motivos para fazê-lo; pendurei-o justamente porque sabia que, ao fazer aquilo, estava cometendo um pecado; um pecado mortal, que prejudicaria minha alma imortal a ponto de colocá-la – se é que isso é possível – além do alcance da infinita misericórdia do mais clemente e implacável Deus.

Na noite do dia em que cometi tal ato de crueldade, fui acordado por uma exclamação de "fogo". As cortinas de minha cama estavam em chamas. A casa inteira estava ardendo. Foi com muita dificuldade que minha esposa, uma criada e eu mesmo conseguimos escapar da conflagração. A destruição foi total. Todas as minhas riquezas mundanas haviam sido engolidas, e entreguei-me dali em diante ao desespero.

Não me deixo cair na tentação de tentar estabelecer uma sequência de causa e efeito entre o desastre e a atrocidade. Estou apenas detalhando um encadeamento de fatos, e não quero deixar de fora nenhuma conexão possível. No dia seguinte ao incêndio, visitei as ruínas. As paredes, com uma exceção, haviam desabado. Essa exceção era uma das paredes internas, não muito grossa, que estivera localizada mais ou menos no meio da casa, e contra a qual a cabeceira de minha cama costumava ficar. Seu gesso tinha, em grande medida, resistido à ação do fogo, detalhe este que atribuí ao fato de ter sido aplicado recentemente. Ao redor daquela parede, uma densa multidão havia se formado, e muitas pessoas pareciam examinar uma parte específica dela, bem de perto e ansiosamente. As palavras "estranho!" e "singular!", assim como outras expressões semelhantes, despertaram minha curiosidade. Aproximei-me e vi, como se gravado em baixo-relevo sobre a superfície branca, a figura de um gigantesco *gato*.

A impressão era causada com uma precisão verdadeiramente maravilhosa. Havia uma corda ao redor do pescoço do animal.

Ao vislumbrar pela primeira vez tal aparição – pois não posso considerá-la outra coisa –, minha admiração e meu terror foram extremos. Contudo, a razão finalmente veio em meu auxílio. Lembrei-me de que o gato fora enforcado em um jardim adjacente à casa. Quando deram o alarme de fogo, o jardim fora imediatamente enchido pela multidão, e uma daquelas pessoas devia ter retirado o gato da árvore e o jogado, por uma janela aberta, em meu quarto. Isso provavelmente fora feito numa tentativa de despertar-me. A queda das outras paredes comprimira a vítima de minha crueldade, dando-lhe a substância de gesso recém-colocado, cujo cal, junto com as chamas e a amônia do cadáver, haviam formado o retrato que eu contemplava.

Apesar de eu assim explicar para minha razão, senão para minha consciência, o surpreendente fato que acabei de detalhar, isso não deixou de ter uma profunda impressão sobre minha mente. Por meses, não consegui livrar-me do fantasma do gato; e, durante esse período, voltou para meu espírito um sentimento tênue que se assemelhava a, mas não era, remorso. Cheguei a ponto de sentir saudade do animal, e olhar ao meu redor, nos locais asquerosos que passara a frequentar, procurando outro animal da mesma espécie, e relativamente parecido, para ocupar seu lugar.

Uma noite, enquanto estava sentado, meio obstupefato, em um antro mais do que infame, minha atenção foi repentinamente atraída por um objeto preto, repousando sobre a cabeça de um dos imensos barris de gim ou de rum, que constituíam a principal mobília do local. Eu estivera olhando fixamente para a parte de cima daquele barril há alguns minutos, e o que me causou surpresa foi o fato de não ter reparado antes no objeto que estava sobre ele. Aproximei-me e encostei nele. Era um gato preto – um bem grande –, tão grande quanto Plutão, e muito parecido com ele, sob todos os aspectos, exceto um. Plutão não tinha pelos brancos em parte alguma do corpo, mas este gato tinha uma mancha branca grande, apesar de indefinida, que cobria quase todo o seu peito. Ao encostar nele, ele imediatamente se levantou, ronronou alto, esfregou-se contra minha mão e pareceu deleitar-se com minha atenção. Então era esta a criatura que eu buscava. Imediatamente ofereci-me para comprá-lo do dono da estalagem, mas este declarou não ser seu dono; não sabia nada dele e nunca o vira antes.

Continuei minhas carícias e, quando preparei-me para ir para casa, o animal demonstrou estar disposto a acompanhar-me. Permiti que o fizesse, abaixando-me ocasionalmente e fazendo carinho em sua cabeça, enquanto prosseguíamos. Ao chegarmos em casa, ele imediatamente domesticou a si mesmo, e tornou-se o favorito de minha esposa.

Quanto a mim mesmo, logo senti uma aversão a ele crescer dentro de mim. Era justamente o oposto do que esperara, mas, não sei como ou por que, sua evidente afeição por mim me enojava e irritava. Gradual e lentamente, esses sentimentos de nojo e irritação elevaram-se à amargura do ódio. Eu evitava a criatura; uma certa sensação de vergonha e a lembrança de meu antigo ato de crueldade impediam-me de abusar fisicamente dela. Por algumas semanas, não bati ou cometi qualquer violência com o gato; mas, pouco a pouco, bem lentamente, passei a olhar para ele com uma aversão indizível, e fugir em silêncio de sua presença odiosa, como se da peste.

O que indubitavelmente aumentou meu ódio pelo animal foi a descoberta, na manhã seguinte à noite em que o trouxe para casa, de que ele, como Plutão, também fora privado de um de seus olhos. Essa circunstância, entretanto, só fez com que minha esposa se afeiçoasse mais ainda a ele, pois ela, como já disse, tinha uma enorme sensibilidade, que já fora a característica que me definia, e a fonte de muitos dos meus mais simples e puros prazeres.

Junto com minha aversão por aquele gato, contudo, a afeição dele por mim também parecia aumentar. Seguia meus passos com uma pertinácia que é difícil fazer o leitor compreender. Sempre que me sentava, ele agachava debaixo de minha cadeira ou subia em meus joelhos, cobrindo-me com suas detestáveis carícias. Se me levantava para andar, ele se metia entre meus pés, quase derrubando-me, ou enganchava as garras em minhas roupas e subia, desse modo, até meu peito. Naqueles momentos, apesar de querer destruí-lo com um golpe, controlava-me para não fazê-lo, em parte por causa da lembrança de meu crime anterior, mas, principalmente – permitam-me já confessar –, por um medo absoluto do animal.

Aquele medo não era exatamente de algum mal físico, mas não sei como defini-lo de outra forma. Fico quase envergonhado de admitir – sim, mesmo nesta cela de cadeia, fico quase envergonhado de admitir – que o terror e o horror que o animal despertava em mim haviam sido aumentados por uma das mais insignificantes ilusões que seria possível conceber. Minha esposa chamara minha atenção, mais de uma vez, para o tufo de pelo branco sobre o qual já falei, e que constituía a única diferença visível entre esse estranho animal e aquele que eu matara. O leitor deve se lembrar de que aquela marca, apesar de grande, originalmente era bem indefinida; porém, lenta e quase que imperceptivelmente, e de uma forma que minha mente, por muito tempo, tentou desconsiderar como mera imaginação, a marca assumiu uma forma distinta. Começou a representar um objeto que estremeço ao nomear, e por causa disso, acima de tudo, eu odiava e temia aquele monstro, e teria me livrado dele, se ousasse; transformara-se, asseguro, na imagem de uma horrível... de algo medonho... de uma forca! Ah, infeliz e terrível instrumento de horror e crime, de agonia e morte!

E, agora, encontrava-me em um estado miserável, para além da mera miséria da humanidade. E um *animal irracional* – cujo semelhante eu matara com tanto desdém –, um *animal irracional* causava a *mim*, um homem, criado à imagem do grande Deus, tantos infortúnios insuportáveis! Ai de mim! Não sabia mais o que era descanso, de dia ou de noite! Durante o primeiro, a criatura não me deixava sozinho por um único instante; e durante o último eu acordava de hora em hora, com sonhos indizivelmente assustadores, e sentia o hálito daquela *coisa* em meu rosto, e seu enorme peso – um pesadelo encarnado, do qual não conseguia me livrar – eternamente apoiado sobre meu coração!

Sob a pressão de tais tormentos, os débeis restos de bondade dentro de mim sucumbiram. Pensamentos maliciosos tornaram-se meus únicos companheiros; os mais sombrios e maléficos pensamentos. Meu costumeiro mau humor aumentou e transformou-se em ódio de todas as coisas, e de toda a humanidade; e dos arroubos repentinos, frequentes e incontroláveis de fúria, aos quais eu me rendia cegamente, minha resignada esposa era a vítima mais comum e mais paciente.

Um dia, ela acompanhou-me, durante alguma tarefa doméstica, até o porão do edifício antigo onde nossa pobreza nos forçava a morar. O gato desceu comigo a escadaria íngreme e, fazendo com que eu quase caísse de cabeça, exasperou-me a ponto da loucura. Erguendo um machado e esquecendo-me, em minha ira, o medo infantil que até então impedira-me de agir, mirei um golpe no animal, que, é claro, teria sido instantaneamente fatal, se houvesse descido onde eu pretendera. Mas o golpe foi parado pela mão de minha esposa. Aguilhoado por sua interferência e mergulhando em uma raiva mais do que demoníaca, arranquei meu braço de seu aperto e enterrei o machado em sua cabeça. Ela caiu morta ali mesmo, sem dar um único gemido.

Tendo cometido o assassinato hediondo, dediquei-me imediatamente, e com muita deliberação, à tarefa de esconder o corpo. Sabia que não poderia retirá-lo da casa, de dia ou de noite, sem correr o risco de ser visto pelos vizinhos. Muitos projetos passaram por minha mente. Em certo momento, pensei em esquartejar o corpo em fragmentos minúsculos e destruí-los com fogo. Em outro, resolvi fazer uma cova no chão do porão. Então, ruminei a ideia de jogá-lo no poço do quintal, ou empacotá-lo em uma caixa, como se fosse uma mercadoria, com os arranjos de costume, e assim fazer com que um carregador o tirasse da casa. Finalmente, pensei naquilo que considerei uma medida muito melhor do que qualquer uma dessas. Decidi encerrá-lo em uma parede do porão, como dizem os registros que os monges da Idade Média faziam com suas vítimas.

O porão era bem propício para um objetivo como esse. Suas paredes eram de construção folgada, e haviam sido recentemente cobertas com um gesso áspero, que a umidade da atmosfera impedira de endurecer. Ademais, em uma das paredes havia uma projeção, causada por uma chaminé ou lareira falsa, que havia sido preenchida e feita parecer-se com o vermelho do resto do cômodo. Não tive dúvida de que conseguiria desalojar facilmente os tijolos daquela parte, inserir o cadáver e recolocar a parede como estava antes, de modo que o olhar de ninguém conseguiria detectar algo suspeito. E não enganei-me com tal cálculo. Com um pé de cabra, movi os tijolos com facilidade e, após depositar cuidadosamente o corpo contra a parede interna, escorei-o naquela posição, enquanto remontei, com um pouco de trabalho, a estrutura inteira, como estivera originalmente. Tendo comprado argamassa, areia e fibras com o máximo de precaução, preparei um gesso que não poderia ser diferenciado do antigo, e passei-o cuidadosamente sobre a nova construção. Ao terminar, fiquei satisfeito de que tudo estava correto. A parede não tinha a menor aparência de que havia sido perturbada. Recolhi o lixo do chão com o maior cuidado. Olhei ao meu redor, triunfante, e disse para mim mesmo:

– Pelo menos aqui, meu trabalho não foi em vão.

Meu próximo passo foi procurar o animal que fora a causa de tanta infelicidade; pois eu finalmente decidira, resoluto, dar um fim à vida dele. Se tivesse conseguido encontrá-lo naquele momento, não poderia haver dúvida de seu destino; mas parecia que o animal ardiloso ficara alarmado com a violência de minha raiva anterior, e estava evitando aparecer, enquanto eu estivesse naquele humor. É impossível descrever ou imaginar a sensação de profundo alívio que a ausência da detestada criatura causava em mim. Não apareceu durante a noite, e assim, pelo menos por uma noite, desde que ele fora introduzido à minha casa, dormi profunda e tranquilamente; sim, dormi até mesmo com o peso de um assassinato sobre minha alma!

O segundo e o terceiro dia passaram, mas meu atormentador não apareceu. Eu voltava a respirar como um homem livre. O monstro fugira aterrorizado para sempre! Nunca mais o veria! Minha felicidade era suprema! A culpa de meu ato sombrio preocupava-me bem pouco. Algumas perguntas haviam sido feitas, mas eu respondera a todas prontamente. Até mesmo uma busca havia sido instituída, mas é claro que nada foi descoberto. Encarava minha felicidade futura como garantida.

No quarto dia após o assassinato, um grupo de policiais apareceu na casa, muito inesperadamente, e fez outra investigação rigorosa no local. Contudo, certo da inescrutabilidade de meu esconderijo, não senti qualquer nervosismo. Os oficiais fizeram com que eu os acompanhasse na busca. Não deixaram qualquer canto inexplorado. Finalmente, pela terceira ou quarta vez, desceram para o porão. Nenhum de meus músculos estremeceu. Meu coração batia tão calmamente quanto o de quem dorme o sono dos inocentes. Andei de um lado para o outro do porão. Cruzei os braços em frente ao peito e caminhei tranquilamente pelos cantos. A polícia ficou absolutamente satisfeita e preparou-se para partir. O júbilo de meu coração era grande demais para ser contido. Ardia de vontade de dizer apenas uma palavra de triunfo, e fazer com que os oficiais ficassem duplamente certos de minha inocência.

– Cavalheiros – disse, finalmente, enquanto o grupo subia as escadas –, fico muito feliz por ter afastado suas suspeitas. Desejo a todos muita saúde, e um pouco mais de cortesia. A propósito, cavalheiros, esta... esta é uma casa muito bem construída. – No ávido desejo de dizer algo tranquilamente, mal sei o que falei. – Devo dizer, uma casa excelentemente construída. Estas paredes... já estão indo, cavalheiros? Estas paredes foram erguidas solidamente. – E, naquele momento, devido unicamente ao frenesi da bravata, bati fortemente, com a bengala que levava na mão, bem na parte da parede de tijolos que estava na frente do cadáver de minha legítima esposa.

Que Deus me proteja e livre das garras do arqui-inimigo! Mal havia a reverberação de minhas batidas dado lugar ao silêncio, quando fui respondido por uma voz de dentro da tumba! Por um grito, de início abafado e entrecortado, como o choro de uma criança, e depois aumentando e transformando-se em um berro único, longo, alto e contínuo, inteiramente anômalo e inumano – um uivo –, um bramido lamurioso, metade de horror e metade de triunfo, como só poderia ter se erguido do inferno, das gargantas de todos os condenados em sua agonia, e dos demônios que exultam com sua danação.

É besteira falar sobre meus pensamentos. A ponto de desmaiar, cambaleei até a parede oposta. Por um instante, o grupo na escadaria permaneceu imóvel, devido à extremidade do horror e da surpresa. No instante seguinte, uma dúzia de braços fortes atacavam a parede. Caiu pesadamente. O cadáver, já em estado avançado de decomposição e coberto por sangue coagulado, estava ereto perante os olhos dos espectadores. Sobre sua cabeça, com a boca vermelha aberta e um solitário olho faiscante, sentava-se a hedionda criatura, cuja astúcia seduzira-me a cometer assassinato, e cuja voz delatora entregara-me para o carrasco. Eu prendera o monstro dentro da tumba!

A QUEDA DA CASA DE USHER

Son cœur est un luth suspendu.

Sitôt qu'on le touche il rèsonne...[1]
De Béranger

Por um dia inteiro, entediante, escuro e silencioso, durante o outono de um certo ano, quando as nuvens pendiam opressivamente baixas no céu, eu cavalgara sozinho por uma região singularmente deprimente do interior; e finalmente cheguei, conforme as sombras da noite aumentavam, a um ponto de onde podia enxergar a melancólica Casa de Usher. Não sei por que, mas, ao dar a primeira olhada na edificação, uma sensação de tristeza insuportável invadiu minha alma. Uso a palavra "insuportável", pois o sentimento não diminuiu com aquela sensação que é um tanto quanto agradável, por ser poética, causada na mente até mesmo pelas mais severas imagens daquilo que é desolador ou terrível. Olhei para a cena à minha frente, para a mera casa, e para as simples características da paisagem da região; para as paredes sem vida, para as janelas vazias e semelhantes a olhos; para uns poucos carriços malcheirosos, e para alguns troncos esbranquiçados de árvores apodrecidas, com uma total depressão da alma, que não consigo comparar com nenhuma sensação normal, melhor do que com o período após os sonhos do fumador de ópio, com aquela amarga volta à vida cotidiana, a terrível retirada do véu. Era um frio, uma submersão, um mal-estar no coração; uma tristeza inclemente dos pensamentos, que nenhum esforço da imaginação conseguia transformar em algo sublime. O que havia, parei para pensar, o que havia na Casa de Usher, que contemplá-la me enervava tanto? Era um mistério insolúvel; tampouco podia lidar com as fantasias sombrias que se aproximavam de mim enquanto ponderava. Fui forçado a aceitar a conclusão insatisfatória de que, apesar de não haver dúvida de que há, mesmo, combinações de objetos muito simples e naturais que têm o poder de afetar-nos, a análise de tal poder jaz em meio a considerações que estão além de nosso alcance. Refleti que era possível que um mero arranjo diferente dos detalhes daquela cena, dos detalhes da imagem, seria suficiente para modificar ou talvez aniquilar sua capacidade de causar uma impressão melancólica; e,

1 N. da T.: "Seu coração é um alaúde suspenso; assim que é tocado, ressoa".

agindo com base nessa ideia, levei meu cavalo à beira de um lago escuro e lúrido, que jazia imperturbável e brilhante ao lado da residência, e olhei para baixo – com um estremecimento ainda maior do que antes –, para as imagens modificadas e invertidas dos carriços cinzentos, dos troncos assustadores e das janelas vazias e semelhantes a olhos.

Apesar de tudo, pretendia passar algumas semanas naquela mansão melancólica. Seu proprietário, Roderick Usher, fora um de meus melhores amigos de infância, mas muitos anos haviam se passado desde nosso último encontro. Uma carta, contudo, chegara até mim recentemente, em uma parte distante do país, enviada por ele, que, devido à sua natureza incrivelmente inoportuna, não admitia nada além de uma resposta em pessoa. O manuscrito dava provas de uma agitação nervosa. O escritor falava de uma doença aguda, um transtorno mental que o oprimia, e de seu desejo sincero de me ver, na qualidade de seu melhor, na verdade, único, amigo, para tentar, com a alegria de minha presença, aliviar um pouco sua enfermidade. Fora o modo como escrevera tudo isso e muito mais – fora o aparente *sentimento* com que fizera o pedido – que não permitiu que eu hesitasse; e, assim, obedeci imediatamente o que ainda considerava ser uma convocação bastante incomum.

Apesar de, quando meninos, termos sido muito próximos, eu sabia muito pouco sobre meu amigo. Ele sempre fora excessiva e habitualmente reservado. Eu estava ciente, contudo, de que sua família, muito antiga, era famosa desde tempos imemoriais por seu temperamento peculiar, que se manifestava, ao longo das eras, em muitas obras de arte exaltadas, assim como, ultimamente, em repetidos atos de caridade munificentes, mas discretas, assim como uma devoção apaixonada às complexidades da música, talvez ainda mais do que às suas belezas ortodoxas e facilmente reconhecidas. Também ficara sabendo do notável fato de que o tronco da família Usher, por mais tradicional que fosse, não dera origem, em nenhum momento, a qualquer ramo duradouro; em outras palavras, a família inteira descendia diretamente de uma única linhagem, e assim fora desde sempre, com variações ligeiras e temporárias. Era esta falta, refleti, enquanto ruminava sobre a combinação perfeita entre as características da casa e as características atribuídas a seus moradores, e enquanto especulava sobre a possível influência que a primeira, durante longos séculos, pode ter exercido sobre estes últimos – fora talvez esta falta de descendentes colaterais, e a consequente transmissão sem desvios, de pai para filho, do patrimônio junto com o sobrenome, que finalmente criara uma identificação entre ambos, a ponto de fazer com que o título original da casa fosse absorvido pelo nome estranho e ambíguo de "Casa de Usher", nome este que parecia incluir, na mente dos plebeus que o usavam, a família e sua mansão.

Já disse que o único efeito de meu experimento, um tanto quanto infantil – de olhar o reflexo no lago – fora aprofundar minha primeira e singular impressão. É indubitável que a consciência do rápido aumento de minha superstição – pois por que não deveria chamá-la disso? – serviu principalmente para acelerar o aumento em si. É esta, como já sei há tempos, a lei paradoxal de todos os sentimentos que têm o terror como base. E pode ter sido esse o único motivo pelo qual, quando ergui os olhos novamente para a casa, de sua imagem na água surgiu uma estranha fantasia em minha mente; uma fantasia tão ridícula que a menciono apenas para mostrar a vivacidade das sensações que me oprimiam. Deixara minha imaginação me levar a ponto de realmente acreditar que, sobre a mansão e seus domínios, havia uma atmosfera específica deles e de seus arredores imediatos; uma atmosfera que não tinha afinidade com o ar, mas que era formada por um mau cheiro que subia das árvores apodrecidas, da parede cinza e dos carriços silenciosos, um vapor pestilento e místico, parado, abafado, fracamente discernível e matizado de cinza-escuro.

Tentando livrar-me do que *devia* ter sido um sonho, examinei com mais atenção a verdadeira aparência da edificação. Sua característica principal parecia ser uma antiguidade extrema. A descoloração do tempo fora grande. Fungos minúsculos espalhavam-se por toda a parte externa, pendurados dos beirais em uma série de teias frágeis. Ainda assim, não havia nenhuma dilapidação extraordinária. Nenhuma parte da alvenaria caíra, e parecia haver uma tremenda inconsistência entre o perfeito encaixe de suas partes e a condição deplorável de cada pedra individual. Isso me fazia lembrar da integridade ilusória de móveis de madeira antiga, que passou anos apodrecendo em algum sótão esquecido, sem ser perturbada pelo ar exterior.

Além desta indicação de deterioração extensa, contudo, a construção dava poucos sinais de instabilidade. Talvez os olhos de um observador atento possam ter descoberto alguma fissura quase que imperceptível, que, estendendo-se do telhado para a fachada, descia pela parede em ziguezague, até perder-se nas águas taciturnas do lago.

Reparando nessas coisas, cavalguei por sobre uma ponte curta, até chegar na casa. Um serviçal de prontidão pegou meu cavalo, e passei pelo arco gótico do saguão. Um criado pessoal, de passos silenciosos, conduziu-me de lá, em silêncio, por vários corredores escuros e complicados, até o *estúdio* de seu mestre. Muito do que encontrei no caminho contribuiu, não sei como, para aumentar os vagos sentimentos que já mencionei. Apesar de os objetos ao meu redor, os entalhes dos tetos, as tapeçarias sombrias nas paredes, o negrume do chão e os fantasmagóricos troféus armoriais que sacudiam enquanto eu andava, serem do tipo com o qual eu estava acostumado desde minha infância, apesar de eu não hesitar em reconhecer a familiaridade de tudo aquilo, não pude deixar de imaginar por que me eram tão estranhas as fantasias que aquelas imagens comuns conjuravam. Em uma das escadarias, encontrei-me com o médico da família. Seu semblante, em minha opinião, carregava uma expressão de pouca argúcia e perplexidade. Cumprimentou-me ansiosamente e seguiu em frente. O criado, então, abriu uma porta e guiou-me até a presença de seu patrão.

O cômodo em que me vi era bem grande e espaçoso. As janelas eram longas, estreitas e pontudas, e tão distantes do piso de carvalho preto, a ponto de serem completamente inacessíveis pelo lado de dentro. Fulgores de luz avermelhada entravam pelos vidros treliçados, e serviam para tornar mais distintos os objetos mais proeminentes ao redor; contudo, os olhos tentavam em vão alcançar os ângulos mais remotos do cômodo ou os recessos do teto abobadado e com madeiras entrecruzadas. Tecidos escuros pendiam das paredes. Os móveis em geral eram numerosos, desconfortáveis, antigos e gastos. Muitos livros e instrumentos musicais jaziam por todos os cantos, mas não conseguiam dar um ar de vitalidade à cena. Senti que respirava em uma atmosfera de tristeza. Um ar de escuridão severa, profunda e irremediável pairava sobre tudo, e permeava tudo.

Quando entrei, Usher levantou-se de um sofá sobre o qual estivera deitado de comprido, e recebeu-me com uma afabilidade que imaginei, logo de início, conter um toque de cordialidade exagerada, de esforço feito por alguém vivido e entediado. Contudo, um único olhar para seu rosto convenceu-me de sua perfeita sinceridade. Sentamo-nos e, por alguns momentos, enquanto ele estava em silêncio, encarei-o com uma mistura de pena e surpresa.

Era impossível alguém ter mudado tão terrivelmente, em tão pouco tempo, quanto Roderick Usher! Tive dificuldade para aceitar que o doente à minha frente era a mesma pessoa que o companheiro de minha primeira infância. Ainda assim, a natureza de sua face sempre fora notável. Uma compleição cadavérica; olhos grandes, aquosos e incomparavelmente luminosos; lábios um tanto quanto finos e bastante pálidos, mas com uma curva extremamente bela; um nariz de formato hebraico delicado, mas com narinas largas e de formato incomum; um queixo finamente moldado, demonstrando, com sua falta de proeminência, uma falta de energia moral; cabelos de suavidade e finura maiores do que uma teia; estas características, junto com uma expansão desproporcional acima das têmporas, formavam um semblante que não podia ser facilmente esquecido. E agora, devido meramente a uma acentuação das principais características de suas feições, e da expressão que costumavam transmitir, ocorrera tamanha mudança que me fez duvidar de com quem falava. Acima de tudo, a palidez de sua pele, agora assustadora, e o brilho em seu olhar, agora miraculoso, me surpreenderam e assustaram. O cabelo sedoso, também, fora deixado crescer sem controle, e visto que, com sua textura incontrolável e diáfana, flutuava em vez de cair sobre o rosto, eu não conseguia, nem com esforço, ligar sua expressão arabesca a qualquer ideia de simples humanidade.

Nos modos de meu amigo, reparei de imediato em uma incoerência – uma inconsistência; e logo descobri que isso era devido a uma série de esforços débeis e fúteis para superar sua trepidação habitual, uma agitação nervosa excessiva. Estivera preparado para algo desse tipo, não só por causa de sua carta como também por minhas lembranças de certos traços de infância, e pelas conclusões tiradas de sua constituição física e seu temperamento peculiares. Seus atos eram, alternadamente, vivazes e carrancudos. Sua voz mudava rapidamente, entre uma indecisão trêmula (quando o espírito animal parecia absolutamente suprimido) e uma concisão enérgica, uma enunciação abrupta, pesada, lenta e oca, uma elocução gutural plúmbea, controlada e perfeitamente modulada, que se observa em um bêbado perdido ou no consumidor inveterado de ópio, durante os períodos de mais intensa excitação.

Foi assim que falou sobre o motivo de minha visita, seu sincero desejo de ver-me e o consolo que esperava que eu lhe desse. Passou algum tempo explicando qual imaginava ser a natureza de sua doença. Era, disse ele, um mal de constituição e hereditário, para o qual não tinha mais esperanças de encontrar cura; uma mera afetação nervosa, acrescentou imediatamente, que sem dúvida logo passaria. Manifestava-se em diversas sensações incomuns. Algumas delas, conforme ele as detalhava, despertaram meu interesse e surpreenderam-me; apesar de que talvez os termos e o modo geral da narração tenham tido certa influência. Ele sofria muito com uma agudez mórbida dos sentidos; o mais insípido dos alimentos era insuportável; só conseguia usar roupas de certa textura; os odores de todas as flores eram opressivos; seus olhos eram torturados até mesmo por uma luz fraca; e eram poucos os sons, como os de instrumentos de corda, que não lhe causavam horror.

Descobri que era escravo de um tipo anômalo de terror.

– Perecerei – disse ele. – Com certeza perecerei nesta loucura deplorável. É assim, exatamente assim, e não de outra maneira, que estarei perdido. Temo os eventos do futuro, não por si mesmos mas quanto a seus resultados. Estremeço só de pensar em qualquer incidente, até mesmo o mais trivial, que possa afetar esta intolerável agitação da alma. Não tenho mesmo qualquer aversão ao perigo, exceto quanto a seu efeito absoluto: o terror. Nesta condição nervosa, deplorável, sinto que logo chegará o momento em que deverei abandonar a vida e a razão por completo, em alguma briga com o fantasma sombrio do *medo*.

Também descobri, pouco a pouco e através de pistas ocasionais e duvidosas, uma característica singular de sua condição mental. Ele era prisioneiro de certas ideias supersticiosas sobre sua própria residência, da qual não saía há muitos anos – uma influência cuja força de suposição ele descreveu em termos escusos demais para serem repetidos aqui, uma influência que, através de algumas peculiaridades das meras forma e substância da mansão de sua família, tomara conta de seu espírito, depois de um longo período de sofrimento, de acordo com ele. Era um efeito que o *físico* das paredes e torres cinzentas, e do lago escuro para o qual elas davam, finalmente causara sobre sua *moral*.

Admitiu, contudo, ainda que com hesitação, que a origem de uma boa parte da melancolia peculiar que o afligia podia ser identificada como algo natural e muito mais palpável: a severa e longa doença – que se aproximava do fim – de sua amada irmã, sua única companheira por muitos anos e a última parente que lhe restava.

– Sua morte – disse ele, com uma amargura que jamais esquecerei – fará de mim, o desesperançado e fraco, o último da antiga linhagem dos Usher.

Enquanto falava, lady Madeline (pois era esse o seu nome) passou lentamente por um canto afastado do cômodo e, sem reparar em minha presença, desapareceu. Encarei-a com absoluta surpresa, misturada com um pouco de temor; mas não consegui encontrar uma explicação para esses sentimentos. Uma sensação de estupor oprimiu-me, conforme meu olhar seguia seus passos que se afastavam. Quando uma porta finalmente fechou-se atrás dela, meus olhos voltaram-se, instintiva e ansiosamente, para o rosto de seu irmão – mas ele enterrara a cabeça nas mãos, e só pude ver que uma lividez maior do que de costume tomara conta de seus dedos emaciados, entre os quais corriam lágrimas de emoção.

A doença de lady Madeline há muito desafiava as habilidades de seus médicos. Uma apatia constante, um definhar gradual, e arroubos frequentes, ainda que transientes, de uma natureza parcialmente cataléptica eram o diagnóstico usual. Até então, ela aguentara a pressão de sua doença e não se retirara para seu leito; porém, no fim da noite de minha chegada à casa, ela sucumbiu (como seu irmão contou-me, com um nervosismo inexpressível) ao poder incapacitante da enfermidade destruidora, e fiquei sabendo que o pouco que conseguira ver dela seria, provavelmente, a primeira e última vez, pois a dama, pelo menos em vida, não seria mais vista por mim.

Por muitos dias depois disso, seu nome não foi mencionado por Usher ou por mim; e, durante esse período, ocupei-me em aliviar a melancolia de meu amigo. Pintamos e lemos juntos, ou eu escutava, como que num sonho, as loucas improvisações de seu violão. E assim, quanto mais uma intimidade crescente me permitia entrar cada vez mais nos cantos profundos de seu espírito, mais eu percebia, com tristeza, a futilidade de qualquer tentativa de animar uma mente que jorrava a escuridão, como se fosse uma qualidade positiva inerente, sobre todos os objetos do universo moral e físico, em uma radiação incessante de melancolia.

Sempre guardarei na memória as muitas horas solenes que passei sozinho com o mestre da Casa de Usher. Ainda assim, qualquer tentativa minha de dar uma ideia da natureza exata dos estudos, ou das ocupações, em que ele me envolveu ou mostrou-me o caminho, falharia. Uma idealidade excitada e altamente destemperada lançava um brilho sulfuroso sobre tudo. Suas lamentações longas e improvisadas ressoarão para sempre em meus ouvidos. Entre outras coisas, guardo dolorosamente em minha mente uma certa perversão singular e uma amplificação da ária selvagem da última valsa de Von Weber. Das pinturas sobre as quais sua imaginação fértil refletia, e que adquiriam, pincelada após pincelada, uma imprecisão que me fazia estremecer, com muito mais emoção por não saber por que estremecia; destas pinturas (cujas imagens são, agora, tão vívidas como se estivessem na minha frente) eu tentava, em vão, deduzir alguma parte significativa, que pudesse ser colocada em palavras escritas. Com sua absoluta simplicidade, com a sinceridade de seus desenhos, ele prendia e cativava a atenção. Se é que algum mortal já conseguiu pintar uma ideia, este mortal foi Roderick Usher. Para mim, pelo menos – nas circunstâncias em que me encontrava –, as abstrações puras que o hipocondríaco conseguiu lançar sobre a tela causaram um assombro intolerável, de tamanha intensidade, que nunca senti algo semelhante, nem mesmo ao contemplar as fantasias brilhantes, porém concretas demais, de Fuseli.

Uma das concepções fantasmagóricas de meu amigo, que não seguia rigidamente o espírito da abstração, pode ser colocada, ainda que debilmente, em palavras. Um pequeno quadro mostrava o interior de um lugar abaulado ou túnel, imensamente longo e retangular, com paredes baixas, lisas, brancas e sem interrupção ou artifício. Certos pontos secundários do desenho transmitiam muito bem a ideia de que aquele subterrâneo se localizava muito abaixo da superfície da terra. Não se via nenhuma saída, em qualquer parte de sua vasta extensão, e nenhuma tocha, ou outra fonte de luz artificial, era discernível; ainda assim, uma enxurrada de raios intensos perpassava todo o local, e banhava tudo com um esplendor medonho e inapropriado.

Já mencionei aquela condição mórbida dos nervos auditivos, que faz com que qualquer música seja intolerável para quem sofre dela, exceto certos efeitos de instrumentos de cordas. Talvez tenham sido os limites estreitos aos quais ele se confinava, ao tocar o violão, que deram origem, em grande medida, à natureza fantástica de suas performances. Mas isso não explica a *facilidade* fervorosa de seus *improvisos*. As notas, assim como as palavras de suas fantasias selvagens (pois ele frequentemente acompanhava suas próprias músicas com improvisações verbais rimadas) devem ter sido o resultado de sua intensa compostura mental e concentração, às quais já aludi, observáveis apenas em certos momentos da mais alta excitação artificial. Lembro-me com facilidade da letra de uma de suas rapsódias. Talvez tenha ficado ainda mais impressionado com ela, conforme ele cantava, porque imaginei perceber pela primeira vez, na corrente mística subjacente a seu significado, que Usher tinha plena consciência de que estava destronando sua própria razão altiva. Os versos, intitulados "O Palácio Assombrado", eram quase, senão exatamente, conforme seguem:

I.
Num vale assaz verdejante,
Por anjos habitado,
Um palácio belo e radiante –
palácio imponente – foi edificado.
Na terra pelo Pensamento controlada
Erguia-se ele, suntuoso!
Pelos serafins uma pena jamais foi derrubada
Sobre um reino tão ditoso.

II.
Bandeiras amarelas, gloriosas, douradas,
Sobre seu telhado balançavam e tremulavam;
(Isso – tudo isso – foi em épocas passadas
Que há muito acabaram)
E com toda rajada de ar,
Naquele doce dia,
Entre os baluartes enfeitados e a brilhar,
Um odor alado desaparecia.
III.
Quem vagasse pela alegre região

Via, por duas janelas iluminadas,
Espíritos movendo-se com a canção
Das notas de um alaúde, bem afinadas,
Ao redor de um trono, onde se sentava
(Com seu manto arroxeado!)
De forma que com sua glória combinava,
O soberano do reino era vislumbrado.

IV.
E cheio de pérolas e rubis reluzentes
Erguia-se o portão colossal
Pelo qual ressoavam, fluidos e correntes,
Com um ribombar imortal,
Incontáveis Ecos, cuja doce obrigação
Era louvar com vontade,
Em vozes de beleza sem imitação
A sabedoria de sua majestade.

V.
Mas coisas malignas, vestidas de melancolia,
Atacaram o palácio imponente;
(Ah, choremos, pois um novo dia
Não brilhará sobre ele, tristemente!)
E, ao redor de seu lar, a glória
Que costumava florescer e surgir
É apenas uma esquecida história
De uma era que já deixou de existir.

VI.
E quem hoje viaja por aquele lugar
Enxerga pelas janelas avermelhadas
Vastas figuras em um fantástico valsar
Ao som de notas desencontradas;
Enquanto, como uma horrível torrente,

Através do portão, logo ali,
Uma horrenda multidão passa eternamente,
E gargalha – mas já não sorri.

Lembro-me bem de que ideias sugeridas por esta balada deram origem a uma linha de raciocínio que tornou clara a opinião de Usher, que menciono não por ser inusitada (pois outros[2] já pensaram a mesma coisa), e sim por causa da pertinácia com a qual ele a defendia. Esta opinião, no geral, era sobre a senciência de todos os vegetais. Porém, em sua imaginação desordenada, a ideia assumira uma natureza mais ousada, e invadia, sob certas condições, o reino da desorganização. Faltam-me palavras para expressar a extensão ou o sincero *abandono* de sua convicção. Essa crença, contudo, estava ligada (como já sugeri) às pedras cinzentas do lar de seus antepassados. As condições da senciência haviam sido, ali, pelo que ele imaginava, cumpridas pelo método de colocação das referidas pedras – pela ordem de seu arranjo, assim como o dos vários fungos que as cobriam, e as árvores apodrecidas que as circundavam – acima de tudo, pela longa e ininterrupta duração daquele arranjo, e sua duplicação nas águas paradas do lago. A prova disso – a prova da senciência – era encontrada, de acordo com ele (e, neste momento, tive um sobressalto ao ouvi-lo), na gradativa, porém certa, condensação de uma atmosfera própria, ao redor das águas e das paredes. O resultado podia ser descoberto, acrescentou, naquela influência silenciosa, porém inoportuna e terrível, que há séculos moldava os destinos de sua família, e que fizera com que *ele* se tornasse aquilo que eu via – aquilo que ele era. Essas opiniões dispensam comentários, de modo que não farei nenhum.

Nossos livros, os livros que, durante anos, compuseram uma parte significativa da existência mental do inválido, eram, como podem supor, absolutamente condizentes com aquela natureza fantasmagórica. Lemos juntos obras como *Ververt et Chartreuse*, de Gresset, *O Belfagor,* de Machiavel, *Céu e Inferno*, de Swedenborg, a *Viagem Subterrânea de Nicholas Klimm*,

2 Watson, dr. Percival, Spallanzani, e especialmente o bispo de Landaff – Vide Ensaios Químicos, Vol. V.

de Holberg, *A Quiromancia de Robert Flud*, de Jean D'Indaginé e De La Chambre, *A Jornada ao Azul Longínquo*, de Tieck, e *A Cidade do Sol,* de Campanella. Um volume preferido era uma pequena edição em octavo do *Directorium Inquisitorium*, pelo dominicano Eymeric de Girona; e havia trechos do Pomponius Mela, sobre os velhos sátiros e egipãs africanos, sobre os quais Usher sonhava sentado durante horas. Seu principal deleite, contudo, era a leitura de um livro extremamente raro e curioso, em gótico quarto – o manual de uma igreja esquecida –, o *Vigiliae Mortuorum Secundum Chorum Ecclesiae Maguntinae.*

Não conseguia deixar de pensar sobre o estranho ritual daquela obra, e de sua provável influência sobre o hipocondríaco, quando, uma noite, após informar-me de que lady Madeline se fora, ele declarou sua intenção de preservar seu corpo por uma quinzena (antes de enterrá-la), em uma das inúmeras criptas que a casa continha. O motivo mundano que declarou para esse ato singular, contudo, era tal que não senti-me na liberdade de contestar. O irmão fora levado a tal decisão (pelo que me disse) por consideração à natureza incomum da doença da falecida, por certas perguntas importunas e ávidas por parte dos médicos, e pela localização remota e exposta do cemitério da família. Não vou negar que, quando lembrei-me do semblante sinistro da pessoa que vi na escadaria, no dia de minha chegada à casa, não senti o desejo de opor-me ao que considerava ser, no máximo, uma precaução inofensiva, e de forma alguma antinatural.

A pedido de Usher, ajudei-o pessoalmente com os arranjos para o sepultamento temporário. Após colocarmos o corpo no caixão, carregamo-lo sozinho a seu local de descanso. A cripta em que o colocamos (e que ficara tanto tempo sem ser aberta, que nossas tochas, quase sufocadas por sua atmosfera opressiva, nos deram pouca chance de investigar) era pequena, úmida e inteiramente desprovida de fontes de luz, por estar a uma profundidade enorme, imediatamente abaixo da parte da casa onde ficava o quarto em que eu mesmo dormia. Parece que fora usada em tempos feudais remotos para servir ao horrível propósito de uma masmorra, e depois como um depósito de pólvora ou outra substância altamente combustível, visto que uma parte do chão e todo o interior de um longo arco pelo qual passamos eram cuidadosamente cobertos por cobre. A porta, enorme e feita de ferro, também havia sido protegida de forma semelhante. Seu imenso peso causava um rangido incomumente agudo, quando movia-se em suas dobradiças.

Após depositarmos nossa triste carga sobre cavaletes, naquela região de horror, abrimos um pouco a tampa do caixão, que ainda não fora pregada, e observamos o rosto de seu habitante. Uma semelhança notável entre os irmãos chamou a minha atenção pela primeira vez; e Usher, talvez adivinhando meus pensamentos, murmurou algumas palavras, que informaram-me de que ele e a falecida haviam sido gêmeos, e que uma afinidade quase que indescritível existira entre eles. Nossos olhares, contudo, não pousaram sobre a morta por muito tempo, pois não conseguíamos olhar para ela sem assombro. A doença que levara a dama para sua tumba, na flor da idade, deixara, como de costume como todas as enfermidades de uma natureza estritamente cataléptica, um falso rubor sobre seu peito e sua face, e um sorriso suspeitosamente duradouro em seus lábios, tão terríveis de se ver após a morte. Recolocamos e pregamos a tampa e, após trancar a porta de ferro, seguimos caminho, com dificuldade, até os cômodos ligeiramente menos sombrios da parte de cima da casa.

Então, após alguns dias de amargo luto, as características do problema mental de meu amigo passaram por uma mudança observável. Seus modos costumeiros desapareceram. Suas ocupações rotineiras foram negligenciadas ou esquecidas. Ele vagava de cômodo a cômodo, com passos apressados, desiguais e sem rumo. A palidez de suas faces assumira, se é que era possível, um tom ainda mais pavoroso – e o brilho de seus olhos sumira por completo. A outrora rouquidão ocasional de sua voz não se ouvia mais; e um tremor, como que de extremo terror, habitualmente caracterizava suas palavras. Na verdade, em certos momentos cheguei a pensar que sua mente constantemente agitada estava lidando com algum segredo opressivo, que tentava criar a coragem necessária para divulgar. Em outros momentos, fui obrigado a explicar tudo pelas simples e inexplicáveis fantasias da loucura, pois o pegava olhando para o nada, durante horas, em uma postura da mais profunda atenção, como se escutasse algum som imaginário. Não era de se admirar que sua condição me aterrorizasse – e até mesmo infectasse. Sentia tomar conta de mim, lenta e certamente, as influências delirantes de suas superstições fantásticas, porém impressionantes.

Foi particularmente quando retirei-me para o quarto, tarde da noite, sete ou oito dias após colocarmos lady Madeline na masmorra, que experimentei os plenos poderes daquelas sensações. O sono não chegou nem perto de mim, enquanto as horas se esvaíam. Esforcei-me para afugentar, com pensamentos racionais, o nervosismo que me dominava. Tentei convencer-me de que a maior parte, senão tudo o que eu sentia, advinha da influência atordoante dos móveis sombrios do quarto: as cortinas escuras e gastas, que, postas em movimento pelas torturas dos ventos da tempestade que se formava, balançavam incessantemente de um lado para o outro em frente à parede, e farfalhavam inquietamente sobre as decorações da cama. Mas meus esforços foram em vão. Um tremor irreprimível gradualmente tomou conta de meu corpo; e, finalmente, um íncubo de assombro, absolutamente desmotivado, pousou sobre meu coração. Tentando livrar-me de tudo aquilo com uma arfada e um chacoalhão, ergui-me sobre os travesseiros e, olhando com atenção para a intensa escuridão do aposento, tentei escutar – não sei por que, exceto que algo instintivo instou-me a fazê-lo – certos sons baixos e indefinidos que chegavam, durante as pausas da tempestade, em longos intervalos, não sei de onde. Tomado por um intenso sentimento de horror, inexplicável, porém insuportável, vesti-me com pressa (pois sentia que não conseguiria mais dormir durante aquela noite) e tentei sair da condição deplorável em que me encontrava, andando rapidamente de um canto para o outro do quarto.

Dera apenas algumas voltas, quando o som baixo de passos, em uma escadaria ali ao lado, prendeu minha atenção. Logo percebi que eram de Usher. Um instante depois, ele bateu gentilmente em minha porta e entrou, carregando uma lamparina. Seu rosto estava, como de costume, pálido como o de um cadáver; mas, além disso, havia uma espécie de hilaridade louca em seus olhos, uma *histeria* evidentemente controlada em todos os seus modos. Seu jeito assustou-me, mas qualquer coisa seria preferível à solidão que eu aguentara até então, de modo que recebi sua presença como um alívio.

– E você não viu? – perguntou, abruptamente, depois de eu encará-lo por alguns momentos, em silêncio. – Não viu, então? Não, fique! Verá.

Após terminar de falar, e cobrindo cuidadosamente a lamparina, correu para uma das janelas e abriu-a completamente para a tempestade. A fúria impetuosa da ventania que entrou quase derrubou-nos. Era, realmente, uma noite tempestuosa, porém bela, e de terror e beleza absolutamente incomparáveis. Um redemoinho de vento parecia ter se formado perto de nós, pois sua direção mudava frequente e violentamente, e a extrema densidade das nuvens (que estavam baixas o suficiente para circundar os torreões da casa) não nos impedia de perceber a velocidade surpreendente com a qual as lufadas de ar surgiam de todos os lados, de encontro umas às outras, sem sumir na distância. Disse que nem sua extrema densidade nos impediu de perceber aquilo, mas não enxergávamos nem a Lua, nem as estrelas, e tampouco havia qualquer relâmpago. Porém, sob as superfícies das enormes massas de vapor que se agitavam, todos os objetos terrestres imediatamente ao nosso redor refletiam uma luz antinatural, vinda de uma exalação gasosa ligeiramente luminosa e claramente visível, que pairava ao redor da mansão, amortalhando-a.

– Não deve ver isso, não permitirei! – disse, estremecendo, para Usher, enquanto o conduzia, com uma força gentil, da janela para um sofá. – Estas aparências, que o assustam, são apenas fenômenos elétricos, não são incomuns, ou pode ser que sua origem sinistra seja o miasma fedorento da lagoa. Vamos fechar esta janela; o ar está gelado e é perigoso para sua constituição. Aqui está um de seus romances preferidos. Lerei, e você escutará, e assim passaremos esta noite terrível juntos.

O volume antigo que eu pegara era *O Louco Encontro*, de sir Launcelot Canning, mas referira-me a ele como um dos preferidos de Usher mais como uma brincadeira triste do que seriamente; pois, na verdade, a prolixidade rude e sem imaginação daquela obra interessaria muito pouco o idealismo elevado e espiritual de meu amigo. Contudo, era o único livro que estava imediatamente à mão, e me permiti uma vaga esperança de que a agitação do hipocondríaco poderia ser aliviada (já que os casos de transtornos mentais são cheios de anomalias desse tipo) até mesmo pela extrema besteira que eu estava prestes a ler. Se pudesse julgar pela expressão de empenho com a qual ele ouvia, ou parecia ouvir, as palavras da história, teria parabenizado a mim mesmo pelo sucesso de meu plano.

Chegara na famosa parte da história em que Ethelred, o protagonista, após pedir em vão permissão para entrar na residência do eremita, acaba entrando à força. Naquele trecho, devem se lembrar, a narrativa é a seguinte:

"E Ethelred, que tinha um coração valente por natureza, e que agora era poderoso, por causa da força do vinho que bebera, não esperou mais para conversar com o eremita, que era obstinado e malicioso, e sim, ao sentir a chuva sobre seus ombros e temendo a piora da tempestade, levantou sua maça e, com golpes, abriu rapidamente um buraco nas madeiras do portão, por onde passara sua mão coberta pela manopla; e então, puxando-as com vigor, quebrou, arrancou e arrancou todas elas, de modo que o baque surdo e oco das madeiras ecoou e reverberou pela floresta inteira."

Ao terminar essa frase, tive um sobressalto e pausei por um instante; pois tive a impressão (apesar de imediatamente concluir que minha imaginação superexcitada me enganara) de que, de alguma parte bem remota da mansão, chegava a meus ouvidos, indistintamente, o que parecia ser, por sua natureza exatamente igual, um eco (ainda que abafado e abafado, decerto) dos barulhos de madeira sendo quebrada e arrancada, que sir Launcelot descrevera tão particularmente. Fora, sem dúvida, apenas a coincidência que chamara minha atenção, pois, em meio às batidas das vidraças das janelas, e aos barulhos misturados da tempestade, que continuava a aumentar, era claro que o som em si não teria me interessado ou perturbado. Continuei a história:

"Mas o bom guerreiro Ethelred, passando pela porta adentro, ficou enraivecido e surpreso ao não ver nenhum sinal do malicioso eremita; e sim, em seu lugar, um dragão escamoso, de postura surpreendente e língua chamejante, que estava de guarda na frente de um palácio de ouro, com chão de prata; e, na parede, pendia um escudo de bronze brilhante, com a seguinte inscrição:

'Aquele que aqui entrar, um conquistador será;
Aquele que derrotar o dragão, o escudo ganhará.'

E Ethelred ergueu a maça e atingiu a cabeça do dragão, que caiu à sua frente e soltou uma baforada fedorenta, com um grito tão horroroso e estridente, que Ethelred teve que tampar os ouvidos com a mão para se proteger do terrível barulho, como nunca alguém ouvira antes."

Naquele momento, fiz outra pausa abrupta, desta vez com uma sensação de assombro – pois não podia haver dúvidas de que, daquela vez, realmente ouvira (apesar de não saber dizer de que direção vinha) um grito ou rangido aparentemente distante, porém estridente, longo e extremamente incomum: exatamente igual àquele que minha imaginação conjurara para o grito antinatural do dragão, conforme descrito pelo romancista.

Por mais oprimido que estivesse, como decerto ficara com a ocorrência daquela segunda e extraordinária coincidência, por mil sensações conflituosas, dentre as quais o assombro e um terror extremo predominavam, consegui controlar-me o suficiente para evitar despertar, com alguma observação, o nervosismo sensível de meu amigo. Não estava nem um pouco convencido de que ele reparara nos sons em questão, apesar de estar claro que uma estranha mudança ocorrera em seu comportamento, nos últimos minutos. Antes sentado de frente para mim, ele virara a cadeira, pouco a pouco, para posicionar-se encarando a porta do quarto; assim, só conseguia enxergar uma parte de seu rosto, apesar de ver que seus lábios tremiam, como se estivesse murmurando algo inaudível. Abaixou a cabeça de encontro ao peito, mas percebi que não estava dormindo, por ter vislumbrado, de perfil, seus olhos abertos e sem piscar. Os movimentos de seu corpo também contradiziam essa ideia, pois ele balançava de um lado para o outro, com uma oscilação delicada, porém constante e uniforme. Após registrar tudo isso rapidamente, retomei a narrativa de sir Launcelot, que prosseguiu da seguinte forma:

"E então o guerreiro, tendo escapado da terrível fúria do dragão, lembrando-se do escudo de bronze e da quebra do feitiço que havia sobre ele, removeu a carcaça de seu caminho e andou valorosamente sobre o piso prateado do castelo, até o local onde o escudo pendia da parede; e este não esperou sua chegada, mas caiu aos seus pés sobre o chão de prata, com um barulho alto e terrível."

Assim que essas sílabas escaparam de meus lábios, tomei ciência – como se um escudo de bronze houvesse, realmente, caído naquele exato momento, com um estrondo, sobre um chão de prata – de uma reverberação clara, oca, metálica e clangorosa. Completamente enervado, pus-me de pé com um salto, mas o balançar comedido de Usher continuou imperturbável. Corri para a cadeira onde estava sentado. Seu olhar estava fixo em um ponto à sua frente, e uma rigidez pétrea tomava conta de todas as suas feições. Porém, quando coloquei a mão sobre seu ombro, seu corpo inteiro foi perpassado por um forte estremecimento; um sorriso doente apareceu tenuamente em seus lábios, e percebi que falava com um murmúrio baixo, rápido e incoerente, como se estivesse inconsciente de minha presença. Abaixando-me para perto dele, finalmente entendi o horrendo significado de suas palavras:

– Não ouvir? Sim, ouço, e *já ouvi antes*. Longo… longo… longo… muitos minutos, muitas horas, muitos dias, ouvi; porém, não ousei... oh, ai de mim, infeliz miserável que sou! Não ousei... *não ousei* falar nada! *Colocamo-la na cripta ainda viva!* Não disse que meus sentidos são afiados? *Agora* estou dizendo que ouvi seus primeiros movimentos tênues dentro do caixão. Ouvi… muitos e muitos dias atrás… mas não ousei… *não ousei falar nada!* E agora... esta noite… Ethelred… ah! ah! O arrombar da porta do eremita, o grito de morte do dragão, e o retinido do escudo! Na verdade, foram seu caixão se abrindo, o rangido das dobradiças de ferro de sua prisão, e seus esforços para passar pelo arco de cobre da cripta! Oh, para onde fugirei? Ela não estará aqui muito em breve? Não está correndo para vir repreender-me por meu açodamento? Não ouvi seus passos nas escadas? Não reconheci as pesadas e horríveis batidas de seu coração? Louco!

Naquele momento, ele pôs-se de pé furiosamente e gritou as últimas sílabas, como se estivesse, com o esforço, abrindo mão de sua alma:

– *Louco! Te digo que ela está, neste exato momento, parada atrás da porta!*

Como se a energia sobre-humana de seus gritos houvesse dado origem ao poder de um feitiço, os enormes painéis antigos para os quais ele apontava abriram lentamente, naquele mesmo instante, suas mandíbulas pesadas e negras. Foi culpa da rajada de vento; porém, do outro lado daquelas portas, *estava mesmo* a sublime e amortalhada figura de lady Madeline Usher. Havia sangue em suas vestes brancas, e sinais de algum esforço terrível em cada parte de seu corpo emaciado. Por um momento, ela ficou parada na soleira, tremendo e oscilando para a frente e para trás; e então, com um gemido baixo, caiu pesadamente em cima do irmão e, em sua agonia final, desta vez definitiva, levou-o ao chão já morto, vítima dos terrores que havia previsto.

Daquele aposento, e daquela mansão, fugi aterrorizado. A tempestade continuava, em toda sua fúria, enquanto eu cruzava a velha ponte. De repente, uma estranha luz iluminou a estrada, e virei-me para ver de onde um brilho tão incomum poderia estar vindo, pois atrás de mim só havia a enorme casa e suas sombras. O fulgor era da lua cheia, vermelho-sangue, que brilhava vividamente por aquela fissura, outrora quase indiscernível, que já disse que se estendia do teto da casa até a base, em ziguezague. Enquanto observava, aquela fissura rapidamente alargou-se, houve uma rajada forte do redemoinho de vento, o círculo inteiro da Lua apareceu imediatamente à minha frente, fiquei estupefato ao ver as grandes paredes da casa desmoronando, houve um longo som de fritos, que soava como o barulho de mil correntezas, e o lago profundo e fétido aos meus pés fechou-se, sombria e silenciosamente, por cima dos fragmentos da "*Casa de Usher*".

SILÊNCIO – UMA FÁBULA

Os cumes da montanha dormem; vales, rochedos
e cavernas estão em silêncio
Álcman

"Escute" – disse o Demônio, colocando a mão sobre minha cabeça. – "A região à qual me refiro é uma área lúgubre na Líbia, perto das margens do rio Zaire. E lá não há quietude nem silêncio.

As águas do rio têm uma tonalidade amarelada e doentia; e não correm na direção do mar, e sim palpitam por todo o sempre, sob o olho vermelho do sol, em um movimento tumultuoso e convulsivo. Por muitos quilômetros, de ambos os lados do leito lamacento do rio, há um pálido deserto de gigantescos nenúfares. Estes suspiram uns para os outros, naquela solidão, e esticam na direção dos céus seu pescoço longo e lívido, balançando sua cabeça eterna para a frente e para trás. E há um murmúrio indistinto, que se ergue do meio deles, como uma corrente de água subterrânea. E eles suspiram uns para os outros.

Mas seu reino tem uma fronteira: a fronteira da floresta escura, horrível e altiva. Ali, como as ondas ao redor das Ilhas Hébrides, a vegetação rasteira agita-se continuamente. Mas não há qualquer vento nos céus. E as árvores altas e primevas balançam eternamente, de um lado para o outro, com enormes estrondos. E, de seus altos cumes, uma por uma, caem gotas de orvalho perene. E, nas raízes, jazem flores estranhas e venenosas, contorcendo-se em um sono perturbado. Acima, com um farfalhar alto, as nuvens cinzentas correm para o oeste, por toda a eternidade, até que rolem, como uma catarata, por sobre a parede fulgurosa do horizonte. Mas lá não há qualquer vento no céu. E, nas margens do rio Zaire, não há quietude nem silêncio.

Era de noite, e a chuva caía; enquanto caía, era chuva, mas depois de cair, era sangue. E eu estava de pé em meio ao pântano, e a chuva caía sobre minha cabeça; e os nenúfares suspiravam uns para os outros, em sua desolação solene.

E, de repente, a Lua surgiu de trás da névoa fina e clara, e sua cor era carmim. E meu olhar pousou sobre uma enorme pedra cinza, à margem do rio, iluminada pela luz da Lua. E a pedra era cinza, e pálida, e alta – e a pedra era cinza. Em sua frente, caracteres haviam sido entalhados, e caminhei pelo pântano de nenúfares até chegar perto da margem, para poder ler a escrita sobre a pedra. Mas não consegui decifrá-la. Estava voltando para o pântano, quando a Lua brilhou com um vermelho mais intenso, de modo que virei-me e olhei para a pedra novamente, e para os caracteres; e os caracteres diziam DESOLAÇÃO.

E olhei para cima, e lá havia um homem, em cima da pedra; de modo que me escondi em meio aos nenúfares para poder observar o que ele faria. E o homem era alto e imponente, e estava enrolado, dos ombros aos pés, em uma toga da Roma antiga. E sua silhueta era indistinta, mas suas feições eram as de uma deidade, pois o manto da noite, da névoa, da Lua e do orvalho deixara seu rosto descoberto. E sua fronte era alta e pensativa, e seus olhos carregados de preocupação; nas poucas rugas em sua face, li fábulas de tristeza e cansaço, desgosto com a humanidade e desejo de solidão.

E o homem sentou-se na pedra, apoiou a cabeça na mão e encarou a região desolada. Abaixou os olhos na direção dos arbustos baixos e irrequietos, e ergueu-os para as árvores altas e primevas, subindo pelos céus farfalhantes e chegando até a Lua carmim. E eu permaneci quieto, escondido pelos nenúfares, observando as ações do homem. E o homem tremia em sua solidão, mas a noite passava, e ele continuava sentado sobre a pedra.

O homem desviou sua atenção dos céus e olhou para o lúgubre rio Zaire, para as águas amarelas e macilentas e para as pálidas legiões de nenúfares. E o homem escutou os suspiros dos nenúfares, e os murmúrios que saíam do meio deles. E eu continuei imóvel em meu esconderijo, e observei as ações do homem. E o homem tremia em sua solidão; mas a noite passava, e ele continuava sentado sobre a pedra.

Então, desci para os confins do pântano, chapinhei para longe, em meio à vastidão de nenúfares, e chamei os hipopótamos que viviam em meio aos charcos, nos confins do pântano. E os hipopótamos ouviram meu chamado e vieram, em manada, até o pé da pedra, e deram um bramido alto e assustador sob a Lua. E eu continuei imóvel em meu esconderijo, e observei as ações do homem. E o homem tremia em sua solidão; mas a noite passava, e ele continuava sentado sobre a pedra.

Então, lancei sobre os elementos a maldição do tumulto; e uma tempestade aterrorizante formou-se nos céus, onde antes não havia vento. E os céus ficaram lívidos com a violência da tempestade, a chuva castigou o homem, a força da correnteza do rio aumentou, suas águas transformaram-se em espuma, os nenúfares gritaram em seu leito, a floresta dobrou-se perante o vento, os trovões ressoaram, os raios caíram e a pedra tremeu até a base. E eu continuei imóvel em meu esconderijo, e observei as ações do homem. E o homem tremia em sua solidão; mas a noite passava, e ele continuava sentado sobre a pedra.

Então, fui tomado pela raiva e lancei a maldição do silêncio sobre o rio, os nenúfares, o vento, a floresta, os céus, os trovões e os suspiros dos nenúfares. E foram todos amaldiçoados e ficaram em silêncio. E a Lua parou seu progresso pelo céu, os trovões cessaram, os raios não relampejaram, as nuvens pendiam imóveis, as águas voltaram para seu nível, as árvores deixaram de se balançar, os nenúfares não suspiraram mais, e seu murmúrio não foi mais ouvido, tampouco qualquer outro som, por todo o deserto vasto e ilimitado. E olhei para os caracteres na pedra, e haviam mudado; os caracteres eram SILÊNCIO.

E meus olhos pousaram sobre o semblante do homem, e seu semblante estava pálido de terror. E, apressadamente, ergueu a cabeça das mãos, ficou de pé sobre a pedra e escutou. Mas não havia voz alguma no vasto e ilimitado deserto, e os caracteres na pedra eram SILÊNCIO. E o homem estremeceu, virou o rosto e fugiu para longe, de modo que não mais o vi".

Agora, há belos contos nos volumes sobre os Magos – os volumes melancólicos e encadernados em ferro, sobre os Magos. Digo que eles contêm histórias gloriosas sobre os Céus, e a Terra, e o poderoso mar – e sobre os Gênios que controlavam o mar, e a terra e os céus altaneiros. Havia muitos ensinamentos, também, nos dizeres das Sibilas; e coisas sagradas, muito sagradas, eram ouvidas há muito tempo somente pelas poucas folhas que tremulavam na região de Dodona – mas juro por Alá que a fábula que o Demônio me contou, sentado ao meu lado nas sombras da tumba, considero ser a mais maravilhosa de todas! E, quando o Demônio terminou sua história, jogou-se de volta na cavidade da tumba e riu. Mas não pude rir junto com o Demônio, e ele amaldiçoou-me por não poder rir. E o lince, que morava na tumba desde sempre, de lá saiu e deitou-se aos pés do Demônio, e mirou-o direto nos olhos.

A MÁSCARA DA MORTE VERMELHA

A "Morte Vermelha" devastava a região há tempos. Nenhuma pestilência fora tão fatal ou tão horrenda. Sangue era seu avatar e sua marca – a vermelhidão e o horror do sangue. Trazia fortes dores, tontura repentina, e então um sangramento profuso pelos poros, seguido de morte. As manchas escarlate pelo corpo, especialmente no rosto do acometido, eram o anúncio da peste, que o isolava do auxílio e da simpatia dos outros seres humanos. E o início, o progresso e o término da doença eram incidentes de meia hora.

Mas o Príncipe Próspero era feliz, destemido e sagaz. Quando seus domínios já haviam perdido metade de sua população, convocou à sua presença mil amigos robustos e despreocupados, dentre os cavaleiros e as damas de sua corte, e retirou-se com eles para o profundo isolamento de uma de suas abadias acasteladas. Era uma estrutura enorme e magnífica, criação dos gostos excêntricos, porém augustos, do próprio príncipe. Um muro forte e alto a cercava. Tal muro tinha portões de ferro. Os cortesãos, ao entrar, trouxeram fornalhas e martelos maciços, e soldaram as trancas. Decidiram não deixar qualquer meio de entrada ou saída sujeito aos impulsos de desespero ou frenesi no interior. A abadia estava amplamente abastecida. Com aquelas precauções, os cortesãos podiam enfrentar o contágio. O mundo externo podia cuidar de si mesmo. Enquanto isso, era besteira chorar ou pensar. O príncipe fornecera todos os meios de entretenimento. Havia bufões, improvisadores, bailarinos, havia músicos, havia Beleza, havia vinho. Todos estes estavam seguros do lado de dentro. Do lado de fora, estava a "Morte Vermelha".

Foi mais para o fim do quinto ou sexto mês de isolamento, e no auge da fúria da pestilência do lado de fora, que o Príncipe Próspero entreteve seus mil amigos em um baile de máscaras da mais incomum magnificência.

Foi uma cena voluptuosa, aquele baile de máscaras. Mas primeiro deixem-me falar sobre os cômodos em que foi realizado. Eram sete – uma suíte imperial. Em muitos palácios, contudo, essas suítes formam um panorama longo e reto, enquanto as portas sanfonadas deslizam para trás, até quase chegar às paredes de cada lado, de modo que impedem pouco a vista de todo o comprimento. Nesse caso, era bem diferente, como seria de se esperar devido ao amor do duque por tudo o que era bizarro. Os cômodos eram dispostos de forma tão irregular, que a vista abarcava pouco mais do que um por vez. Havia uma quina abrupta a cada 20 ou 30 metros, e cada virada trazia um novo efeito. À direita e à esquerda, no meio de cada parede, uma janela gótica alta e estreita dava para um corredor fechado, que acompanhava as voltas da suíte. As janelas continham vitrais, cuja cor variava de acordo com o tom principal das decorações da sala para a qual se abriam. Na extremidade leste, por exemplo, as decorações eram azuis – e de um azul-vívido eram suas janelas. O segundo cômodo continha tapeçarias e ornamentos roxos, e os vidros daquele canto também eram dessa cor. . O terceiro era inteiro verde, e os vitrais também. O quarto era decorado e iluminado em laranja, o quinto era branco, e o sexto violeta. O sétimo cômodo era coberto por tapeçarias de veludo preto, que pendiam do teto e desciam pelas paredes, caindo em dobras pesadas sobre um tapete dos mesmos material e tom. Mas, apenas naquele cômodo, a cor das janelas não correspondia com as decorações. Os vidros eram escarlate – um tom de sangue-profundo. Agora, em nenhum dos sete cômodos havia qualquer lamparina ou candelabro, em meio à profusão de ornamentos dourados espalhados por todos os cantos ou pendurados no teto. Nenhuma luz, de qualquer tipo, emanava de uma lanterna ou vela, na suíte de salas. Mas, nos corredores que a acompanhavam, havia, na frente de cada janela, um pesado tripé, sobre o qual apoiava-se um braseiro que lançava seus raios pelos vitrais e, assim, iluminava vivamente a sala. Desse modo, produziam-se diversos efeitos espalhafatosos e fantásticos. Porém, na câmara oeste, ou preta, o efeito da luz do fogo sobre as tapeçarias escuras, através dos vitrais cor de sangue, era sinistro ao extremo, e dava uma aparência tão estranha às faces daqueles que lá entravam, que poucos convidados tinham coragem de pisar em seu recinto.

Era também naquele cômodo que havia, contra a parede oeste, um gigantesco relógio de ébano. Seu pêndulo balançava de um lado para o outro com um ressoar entediante, pesado e monótono; e, quando a mão dos minutos percorrera todo o circuito do mostrador, e chegava o momento de bater a hora, os pulmões descarados do relógio emitiam um som claro, alto, profundo e extremamente musical, mas em uma nota e com tal ênfase, que, a cada hora, os músicos da orquestra precisavam parar momentaneamente sua apresentação para ouvir o som, e assim os valsistas forçosamente cessavam seus rodopios; o alegre grupo ficava desconcertado por um instante; e, enquanto duravam as batidas do relógio, observava-se que até mesmo os mais frívolos empalideciam, e os mais idosos e calmos passavam as mãos sobre a testa, como que absortos em pensamentos confusos ou reflexões. Contudo, quando os ecos cessavam por completo, risadas alegres imediatamente espalhavam-se pela assembleia; os músicos entreolhavam-se e sorriam, como quem ri de suas próprias apreensões e tolices, e prometiam em sussurros, um para os outros, que o próximo soar do relógio não lhes causaria semelhante emoção; e então, 60 minutos depois (que contêm 3.600 segundos do Tempo que voa), o relógio soava novamente, e havia mais uma vez a mesma desorientação, os mesmos tremores e reflexões de antes.

Apesar de tudo isso, foi um entretenimento alegre e magnífico. Os gostos do duque eram peculiares. Tinha um bom olho para cores e efeitos. Não se importava em obedecer a moda. Seus planos eram ousados e fogosos, e seus conceitos reluziam barbaramente. Certas pessoas o considerariam louco. Seus seguidores sentiam que não era. Era necessário ouvi-lo, vê-lo e tocá-lo para ter certeza de que não era. Ele dirigira, em grande parte, os enfeites móveis dos sete cômodos, por ocasião de sua grande festa; e fora seu próprio gosto que influenciara as decisões dos mascarados. Fiquem certos de que estavam grotescos. Havia muito brilho, e resplendor, e ardência, e fantasmagoria; muito do que foi visto, desde então, em "Hernani".[1] Havia figuras arabescas, com membros e trajes inapropriados. Havia fantasias delirantes, como as modas dos loucos. Havia muito do que era belo, muito do que era lascivo, muito

1 N. da T.: Também intitulado de *l'Honneur Castillan*, peça de Victor Hugo sobre intrigas da corte.

do que era bizarro, um pouco do que era terrível, e mais do que um pouco daquilo que poderia despertar aversão. De um lado para o outro dos sete cômodos, caminhava, na verdade, uma multidão de sonhos. E estes – os sonhos – se contorciam por todos os cantos, absorvendo as cores das salas, e fazendo com que a música estranha da orquestra parecesse um eco de seus passos. E logo chegavam as batidas do relógio de ébano, que fica no salão de veludo. E então, por um momento, tudo ficava quieto, e tudo ficava em silêncio, exceto a voz do relógio. Os sonhos ficaram congelados, onde quer que estivessem. Mas os ecos das badaladas sumiam – duravam apenas um instante –, e risadas levianas, meio que controladas, flutuavam em seu encalço, conforme partiam. E então a música se intensificava novamente, e os sonhos voltavam à vida, contorcendo-se pra lá e pra cá, com mais entusiasmo do que antes, adquirindo as cores dos vitrais de vários tons, pelos quais passavam os raios vindos dos tripés. Entretanto, no cômodo mais ao oeste de todos os sete, nenhum dos mascarados ousa entrar mais, pois a noite está passando, e uma luz mais avermelhada passa pelos vitrais cor de sangue, e o negrume das tapeçarias é assustador; e aquele que pisa no tapete escuro ouve, vindo do relógio de ébano, um toque abafado mais solenemente enfático do que qualquer outro que chegue aos ouvidos daqueles que usufruem das alegrias mais remotas dos outros cômodos.

Mas esses outros cômodos estavam abarrotados, e neles batia fervorosamente o coração da vida. E a festa rodopiava em frente, até que, finalmente, começaram as badaladas da meia-noite. E então a música parava, como já disse; e os rodopios dos valsistas cessavam, e havia uma interrupção inquieta de todas as coisas, como antes. Porém, naquele momento, o relógio faria soar 12 badaladas; de modo que, quiçá, mais pensamentos se infiltravam, com mais tempo, nas reflexões dos foliões mais pensativos. E também pode ser que, antes de os últimos ecos da última badalada terem sumido no silêncio, muitos indivíduos da multidão haviam tido tempo para tomar ciência da presença de uma figura mascarada, que não chamara a atenção de ninguém antes. E, com o rumor sobre essa nova presença tendo se espalhado através de sussurros, um zumbido ou murmúrio perpassou o grupo todo, expressando desaprovação e surpresa – e então, finalmente, indicando terror, horror e aversão.

Em uma assembleia de fantasmas, como esta que descrevi, é natural supor que não seria qualquer aparência comum que despertaria tais sensações. Na verdade, a liberdade para fantasiar-se, naquela noite, era quase que ilimitada; mas a figura em questão superara até mesmo Herodes em termos de extravagância, e chegara a ultrapassar os limites do decoro infinito do príncipe. Há acordes no coração dos mais ousados que não podem ser tocados sem emoção. Mesmo com os absolutamente perdidos, para quem a vida e a morte são piadas iguais, há questões sobre as quais nenhuma pilhéria deve ser feita. O grupo todo, na verdade, parecia sentir profundamente que a fantasia e a postura da figura desconhecida era obtusa e inadequada. Ela era alta e esquelética, coberta da cabeça aos pés por vestes fúnebres. A máscara que escondia sua face fora feita para parecer-se tanto com o semblante de um cadáver endurecido, que até mesmo o exame mais minucioso teria dificuldades para detectar o truque. Ainda assim, tudo isso poderia ter sido suportado, se não aprovado, pelos loucos foliões ao seu redor. Mas o mascarado fora ao extremo de se fantasiar de Morte Vermelha. Sua vestimenta estava manchada de sangue, e sua fronte larga, assim como todas as suas feições, exibia respingos do horror escarlate.

Quando o olhar do Príncipe Próspero pousou sobre a figura espectral (que, com movimentos lentos e solenes, como que para fazer melhor o seu papel, caminhava de um lado para o outro em meio aos valsistas), pareceu ter uma convulsão, primeiro com um forte estremecimento, de terror ou nojo; mas, em seguida, seu rosto enrubesceu de ódio.

– Quem ousa? – questionou, com voz rouca, os cortesãos parados ao seu lado. – Quem ousa insultar-nos com essa zombaria blasfema? Agarrem-no e tirem sua máscara para que possamos saber quem enforcaremos ao amanhecer, pendurado nas ameias!

Era na câmara leste, ou azul, que se encontrava o Príncipe Próspero, quando pronunciou tais palavras. Ecoaram pelos sete cômodos, em alto e bom som – pois o príncipe era ousado e robusto, e a música parara com um gesto de sua mão.

Era na sala azul que se encontrava o príncipe, com um grupo de cortesãos pálidos ao seu lado. De início, enquanto falava, o referido grupo fez um ligeiro movimento na direção do intruso, que, naquele momento, também estava próximo, e que então, com passos deliberados e imponentes, aproximou-se do orador. Porém, devido a um certo temor indefinido, que as estranhas conjecturas a respeito do mascarado haviam inspirado em todo o grupo, ninguém fez qualquer tentativa de agarrá-lo; de modo que, desimpedido, passou a 1 metro de distância do príncipe, e visto que a vasta multidão, como que por um único impulso, encolheu-se dos centros dos cômodos para as paredes, andou sem ser interrompido, e com os mesmos passos solenes e comedidos que o marcaram desde o início, da sala azul até a púrpura, da púrpura para a verde, da verde para a laranja, desta para a branca, e mais desta para a violeta, sem que qualquer movimento concreto fosse feito para pará-lo. Foi então, contudo, que o Príncipe Próspero, enlouquecido de raiva e vergonha por sua covardia momentânea, correu pelas seis salas, sem ser seguido por ninguém, devido ao terror mortal que tomara conta de todos. Levava uma adaga na mão erguida, e chegara, em sua impetuosidade veloz, a menos de 1 metro da figura que se afastava, quando esta última, tendo atingido a extremidade do cômodo de veludo, virou-se repentinamente e confrontou seu perseguidor. Houve uma exclamação aguda, e a adaga tombou, brilhante, sobre o tapete escuro, sobre o qual, imediatamente depois, caiu morto o Príncipe Próspero. Então, criando a coragem alucinada do desespero, vários foliões correram imediatamente para dentro do cômodo preto e, agarrando o mascarado, cuja figura alta continuava ereta e imóvel, na sombra do relógio de ébano, soltaram uma exclamação de horror indizível, ao descobrir que a mortalha e a máscara de caveira, que agarraram com uma violência tão rude, não eram habitadas por uma forma tangível.

E, assim, foi reconhecida a presença da Morte Vermelha. Chegara sem ser percebida. E, um por um, os foliões desabaram nos salões ensanguentados onde antes se divertiam, morrendo todos na mesma postura de desespero em que haviam caído. E a vida do relógio de ébano esvaiu-se junto com a do último conviva. E as chamas dos tripés se apagaram. E a Escuridão e a Decomposição e a Morte Vermelha estenderam seus domínios sobre tudo.

O BARRIL DE AMONTILLADO

As mil injúrias de Fortunato aguentei da melhor forma que pude; porém, quando passou a insultar-me, jurei vingança. Mas você, que conhece tão bem a natureza de minha alma, não suporá que ameacei-o em voz alta. *Eventualmente*, eu me vingaria; essa questão já estava determinada, mas essa mesma determinação obstava qualquer ideia de risco. Não podia só puni-lo, tinha que puni-lo com impunidade. Um mal não é reparado, se o reparador recebe retribuição. Tampouco é compensado, se o vingador não deixa clara sua identidade para aquele que cometeu o mal. Deve entender que nenhuma palavra ou ato de minha parte fizera com que Fortunato duvidasse de minha boa vontade. Continuei, como de costume, a sorrir para ele, e não percebeu que meu sorriso *agora* era por estar imaginando sua imolação.

Ele tinha uma fraqueza, este Fortunato, apesar de ser, sob outros aspectos, um homem a ser respeitado, e até mesmo temido. Orgulhava-se de seus conhecimentos sobre vinho. Poucos italianos têm o verdadeiro espírito de um virtuoso. Na maior parte, seu entusiasmo adapta-se ao momento e à oportunidade, para enganar os *milionários* britânicos e austríacos. Em relação à pintura e às joias, Fortunato, como seus compatriotas, era um charlatão; mas, na questão de vinhos antigos, era sincero. Nesse quesito, eu não era muito diferente dele: eu mesmo era conhecedor das safras italianas, e comprava de quantidade, sempre que podia.

O sol estava se pondo, uma tarde durante a insanidade da época do Carnaval, quando encontrei meu amigo. Abordou-me com uma afabilidade excessiva, pois estivera bebendo muito. Estava vestido de arlequim. Suas vestes eram apertadas e listradas, e levava na cabeça um chapéu cônico com sininhos. Fiquei tão contente em vê-lo, que não conseguia parar de apertar sua mão. Disse:

– Meu caro Fortunato, que bom encontrá-lo. Sua aparência está ótima! Mas recebi um barril do que dizem ser Amontillado, e tenho minhas dúvidas.

– O quê? – respondeu. – Amontillado? Um barril? Impossível! E logo durante o Carnaval!

– Tenho minhas dúvidas – retruquei –, e fiz a besteira de pagar o preço total do Amontillado, sem consultar você sobre isso. Não conseguia encontrá-lo, e fiquei com medo de perder a chance.

– Amontillado!

– Tenho minhas dúvidas.

– Amontillado!

– E preciso ter certeza.

– Amontillado!

– Já que você está ocupado, estou indo ver Luchesi. Se alguém tem um olhar crítico, é ele. Ele me dirá...

– Luchesi não consegue diferenciar entre Amontillado e xerez.

– Ainda assim, alguns imbecis dizem que o gosto dele é páreo para o seu.

– Venha, vamos.

– Aonde?

– Para sua adega.

– Meu amigo, não; não tirarei vantagem de sua bondade. Posso ver que tem um compromisso. Luchesi...

– Não tenho nenhum compromisso; venha.

– Meu amigo, não. Não é só o compromisso, mas também o terrível frio que vejo que está passando. A adega é insuportavelmente úmida. Está encrustada com salitre.

– Vamos, mesmo assim. O frio não importa. Amontillado! Você foi enganado. E quanto a Luchesi, ele não consegue distinguir entre xerez e Amontillado.

Assim falando, Fortunato agarrou-me pelo braço. Colocando uma máscara de seda preta e enrolando-me em uma capa longa, permiti que ele me arrastasse até meu *palazzo*.

Nenhum criado estava em casa; todos haviam corrido para festejar a ocasião. Eu dissera a eles que não voltaria antes do dia seguinte, e dera ordens explícitas para que não pusessem o pé para fora de casa. Essas ordens foram o suficiente, como eu bem sabia, para garantir que desaparecessem de imediato, todos eles, no instante em que eu virasse as costas.

Tirei duas tochas de seus suportes e, dando uma para Fortunato, conduzi-o, abaixado, por diversos cômodos, até o arco que dava para a adega. Desci uma escadaria longa e espiralada, pedindo a ele que tomasse cuidado enquanto me seguia. Finalmente, chegamos ao pé da descida, e pisamos juntos sobre o chão úmido das catacumbas da família Montresor.

O andar de meu amigo estava trepidante, e os sininhos de seu chapéu soavam conforme andava.

– O barril – disse ele.

– Está mais para a frente – respondi. – Mas repare no emaranhado branco que brilha nas paredes destas cavernas.

Virou-se em minha direção e encarou-me diretamente, com olhos cobertos pelo reuma da intoxicação.

– Salitre? – perguntou, finalmente.

– Salitre – respondi. – Há quanto tempo está com essa tosse?

– Cof, cof! Cof, cof! Cof, cof!

Meu pobre amigo ficou impossibilitado de responder, por muitos minutos.

– Não é nada – disse, finalmente.

– Venha – falei, em tom determinado. – Vamos voltar; sua saúde é preciosa. Você é rico, respeitado, admirado, amado; você é feliz, como eu já fui. É um homem que fará falta. Quanto a mim, não importa. Vamos voltar; você ficará doente, e não posso ser responsável por isso. Além disso, tenho Luchesi...

– Chega – disse ele. – A tosse não é nada; não me matará. Não morrerei de tosse.

– É verdade, é verdade – respondi. – Juro que não tive a intenção de alarmá-lo desnecessariamente; mas deve tomar cuidado. Um gole deste Medoc nos protegerá da umidade.

Destampei uma garrafa que tirei de uma longa fileira de outras iguais, que jaziam sobre o mofo.

– Beba – disse, estendendo o vinho para ele.

Levou-o à boca com desdém. Pausou e assentiu para mim com a cabeça, em um gesto de intimidade, com os sininhos balançando.

– Bebo – disse – pelos mortos que repousam ao nosso redor.
– E por sua longa vida.

Agarrou meu braço novamente, e prosseguimos.

– Estas criptas – falou – são bem longas.

– A família Montresor – respondi – era grande e numerosa.

– Não me recordo de seu brasão.

– Um enorme pé humano de ouro, em um campo azul; o pé esmaga uma serpente raivosa, cujas presas estão enfiadas no calcanhar.

– E seu lema?

– *Nemo me impune lacessit.*

– Que bom! – respondeu.

O vinho brilhava em seus olhos, e os sininhos tiniam. Minha própria imaginação foi aquecida pelo Medoc. Havíamos passado por paredes de ossos empilhados, com barris e espeques misturados, entrando nos recônditos mais profundos das catacumbas. Pausei novamente, e desta vez tive a ousadia de agarrar Fortunato pelo braço, acima do cotovelo.

– O salitre! – disse. – Veja só, está aumentando. Gruda-se como musgo às criptas. Estamos debaixo do leito do rio. As gotas de umidade escorrem em meio aos ossos. Venha, vamos voltar antes que seja tarde demais. Sua tosse...

– Não é nada – disse. – Vamos prosseguir. Mas primeiro outro gole do Medoc.

Cedi e peguei uma garrafa de De Grâve para ele, que esvaziou-a em um gole. Um brilho feroz iluminava seus olhos. Riu e jogou a garrafa para cima, com um gesto que não entendi.

Olhei para ele com surpresa. Ele repetiu o movimento, um movimento grotesco.

– Não compreende? – perguntou.

– Não – respondi.

– Então não faz parte da irmandade.

– Qual?

– Não faz parte da maçonaria.

– Sim, sim – respondi. – Sim, sim.

– Você? Impossível! Um maçom?

– Um maçom – respondi.

– Um sinal – disse ele.

– Este aqui – retruquei, tirando uma pá de pedreiro debaixo das dobras de meu manto.

– Que piada – exclamou, dando alguns passos para trás. – Mas vamos em frente, até o Amontillado.

– Que seja – disse eu, guardando a ferramenta de volta no manto, e oferecendo a ele meu braço, novamente. Apoiou-se nele pesadamente. Continuamos nosso caminho em busca do Amontillado. Passamos por vários arcos baixos, descemos, seguimos em frente e descemos novamente, chegando a uma cripta profunda, onde o fedor do ar fazia com que nossas tochas brilhassem, em vez de flamejarem.

Na extremidade mais remota da cripta havia outra, menos espaçosa. Suas paredes estavam forradas por restos mortais, empilhados até a abóbada acima, à moda das grandes catacumbas de Paris. Três lados dessa cripta interna ainda eram ornamentados dessa maneira. Os ossos haviam sido retirados da quarta parede, e jaziam largados sobre o chão, formando, em uma ponta, um monte de tamanho considerável. Na parede assim exposta pelo deslocamento dos ossos, via-se um recuo ainda mais interno, com uma profundidade de cerca de 1 metro, largura de quase 1, e altura de 1,5 ou 2. Parecia não ter sido construído para qualquer fim específico, e sim apenas para formar o intervalo entre duas enormes colunas de suporte do teto das catacumbas, na frente de uma das paredes de granito que as cercavam.

Foi em vão que Fortunato, levantando sua tocha fraca, tentou espiar as profundezas do recuo. A luz tênue não nos deixava enxergar seu fim.

– Siga em frente – falei. – O Amontillado está ali dentro. Quanto a Luchesi...

– Ele é um ignorante – interrompeu meu amigo, enquanto dava um passo trêmulo para a frente, comigo em seu encalço. Dentro de um instante, já estava do outro lado do nicho e, descobrindo que seu caminho estava impedido pela rocha, ficou ali parado, estupidamente aturdido. Mais um momento depois, e eu o acorrentara ao granito. Em sua superfície, havia duas argolas de ferro, a cerca de meio metro de distância uma da outra, horizontalmente. De uma delas, pendia uma corrente curta, e da outra um cadeado. Passando os elos ao redor de sua cintura, levei poucos segundos para prendê-la. Fortunato estava atônito demais para resistir. Tirando a chave, saí do recuo.

– Passe a mão – falei – pela parede; com certeza sentirá o salitre. Está *muito* úmido, mesmo. Permita-me implorar que volte, mais uma vez. Não? Então, precisarei deixá-lo. Mas, primeiro, preciso prestar-lhe todos os pequenos cuidados em meu poder.

– O Amontillado! – exclamou meu amigo, ainda não recuperado de sua surpresa.

– Verdade – respondi –, o Amontillado.

Enquanto dizia essas palavras, ocupava-me com a pilha de ossos que mencionei antes. Jogando-os para o lado, logo desencobri uma pilha de pedras e argamassa. Com aqueles materiais e a ajuda de minha pá de pedreiro, comecei a emparedar vigorosamente a entrada do nicho.

Mal havia terminado a primeira fileira de pedras quando vi que a bebedeira de Fortunato havia se dissipado em grande parte. O primeiro sinal que tive foi um gemido baixo, vindo das profundezas do recuo. *Não era* a exclamação de um bêbado. Seguiu-se, então, um silêncio longo e obstinado. Ergui a segunda fileira, e a terceira, e a quarta; então, ouvi as vibrações furiosas da corrente. O barulho durou vários minutos, durante os quais, para que eu pudesse ouvi-los com mais satisfação, parei de trabalhar e sentei-me sobre os ossos. Quando o retinido finalmente parou, peguei a pá novamente e terminei, sem interrupções, a quinta, a sexta e a sétima fileiras. A parede já estava quase na altura de meu peito. Fiz uma nova pausa e, segurando a tocha por cima das pedras, lancei alguns raios tênues sobre a figura lá dentro.

Uma sequência de gritos altos e estridentes, irrompendo de repente da garganta da figura acorrentada, pareceram empurrar-me violentamente para trás. Por um breve momento, hesitei; estremeci. Desembainhando meu florete, comecei a tatear com ele pelo recuo, mas um pensamento repentino acalmou-me. Coloquei a mão sobre a sólida parede das catacumbas, e senti-me satisfeito. Reaproximei-me da parede. Respondi aos gritos daquele que clamava. Ecoei, contribuí, superei-os em volume e força. Fiz isso, e o suplicante ficou em silêncio.

Àquela altura, era meia-noite, e minha tarefa chegava ao fim. Havia concluído o oitavo, o nono e o décimo níveis. Terminara uma parte do décimo primeiro, e último; só restava colocar uma única pedra e cimentá-la. Tive dificuldades com seu peso; coloquei-a parcialmente em sua posição pretendida. Porém, naquele momento, veio do nicho uma risada baixa, que arrepiou meus cabelos. Foi seguida por uma voz triste, que tive dificuldade para reconhecer como a do nobre Fortunato. A voz disse:

– Ha, ha, ha! He, he! Que piada boa... uma brincadeira excelente. Daremos muita risada por causa dela, no *palazzo*. He, he, he! Enquanto tomamos vinho. He, he, he!

– O Amontillado! – disse eu.

– He, he, he! He, he, he! Sim, o Amontillado. Mas não está ficando tarde? Não estarão nos aguardando no *palazzo* lady Fortunato e os outros? Vamos embora.

– Sim – respondi –, vamos embora.

– *Pelo amor de Deus, Montresor!*

– Sim – falei –, pelo amor de Deus.

Mas esperei em vão uma resposta a essas palavras. Fiquei impaciente. Chamei em voz alta:
– Fortunato!

Sem resposta. Chamei novamente:

– Fortunato!

Ainda sem resposta. Passei uma tocha pela abertura que sobrava e deixei que caísse lá dentro. A réplica foi apenas um tilintar dos sininhos. Meu coração bateu mais forte; por causa da umidade das catacumbas. Apressei-me a terminar meu trabalho. Forcei a última pedra em posição; cimentei-a. Na frente da nova parede, erigi novamente a antiga pilha de ossos. Há meio século, nenhum mortal mexeu nela. *In pace requiescat!*

O DEMÔNIO DA PERVERSIDADE

Ao refletir sobre as faculdades e os impulsos – a *prima mobilia* da alma humana, os frenólogos não contabilizaram uma propensão que, apesar de obviamente existir como um sentimento radical, primitivo e irredutível, foi igualmente ignorada por todos os moralistas que os precederam. Na pura arrogância da razão, todos nós a ignoramos. Permitimos que sua existência escapasse de nossos sentidos, unicamente por falta de crença; falta de fé, seja nas *Escrituras*, seja na *Cabala*. Tal ideia jamais nos ocorrera, simplesmente por causa de seu exagero. Não víamos necessidade do impulso, da propensão. Não conseguíamos perceber sua necessidade. Não podíamos compreender, quero dizer, não podíamos ter compreendido, se a noção daquele *primum mobile* houvesse surgido; não teríamos compreendido de que modo poderia ter contribuído com o progresso da humanidade, fossem eles temporais ou eternos. Não se pode negar que a frenologia[1] e, em grande medida, toda a metafísica foram criadas a priori. Uma pessoa intelectual ou lógica, em vez de alguém que reflita ou observe, dedica-se a imaginar desígnios, a ditar propósitos para Deus. Tendo, assim, descoberto satisfatoriamente as intenções de Jeová, tal pessoa constrói seus inúmeros sistemas mentais, com base nas referidas intenções. Na questão da frenologia, por exemplo, determinou-se, com bastante naturalidade, que era desígnio da Deidade que os homens comessem. Atribuiu-se aos homens, então, um órgão de alimentação, e esse órgão é o flagelo com o qual a Deidade força os homens, por bem ou por mal, a comer. Em seguida, tendo estabelecido que é a vontade de Deus que o homem dê continuidade à sua espécie, descobriu-se imediatamente um órgão de sexualidade. E foi assim com a combatividade, com a idealidade, com a causalidade, com a construtividade – foi assim, em resumo, com todos os órgãos, quer representassem uma propensão, um sentimento moral, ou uma faculdade do intelecto puro. E, nesses arranjos dos princípios da ação humana, os spurzheimitas,[2] estando eles certos ou errados, no todo ou em parte, seguiram os princípios dos passos de seus

1 N. da T.: Pseudociência que dizia descobrir, com base no formato do crânio de uma pessoa, suas aptidões, defeitos morais e outras faculdades.

2 N. da T.: Seguidores de Johann Kaspar Spurzheim (1776-1832), um dos criadores da frenologia.

predecessores, deduzindo e estabelecendo todas as coisas com base em um destino preconcebido dos homens, e sobre o arcabouço dos objetivos de seu Criador.

Teria sido mais sábio, teria sido mais seguro, fazer tal classificação (se fosse necessário) com base no que os homens fazem usual ou ocasionalmente, assim como naquilo que fazem sempre, em vez de fundamentando-se no que pressupúnhamos que a Deidade pretendia que fizessem. Se não podemos compreender Deus através de suas obras visíveis, como poderíamos fazê-lo com base em seus pensamentos inconcebíveis, que ensejam a existência das referidas obras? Se não podemos compreendê-lo através de suas criaturas objetivas, como consegui-lo com base em seus humores substantivos e fases de criação?

A indução, a posteriori, teria feito com que a frenologia admitisse, como um princípio inato e primitivo da ação humana, algo paradoxal, que podemos chamar de perversão, por falta de um termo mais característico. No sentido que pretendo, é realmente um móvel sem motivo, um motivo desmotivado. Com suas instigações, agimos sem um objetivo compreensível; ou, caso isso seja entendido como um tipo de contradição, podemos modificar tal proposta para dizer que agimos através de suas instigações devido ao fato de não devermos fazê-lo. Na teoria, não há motivo mais desarrazoado, mas, na verdade, não há algum que seja mais forte. Com certas mentes, sob certas condições, ele torna-se absolutamente irresistível. Tenho tanta certeza de que a garantia de que um ato é errado costuma ser a força indomável que nos impele, sozinha, a praticá-lo, tanto quanto estou certo de que respiro. Esta tendência invencível de fazer algo errado apenas por fazê-lo tampouco admite qualquer análise ou explicação por elementos ulteriores. É um impulso radical, primitivo: elementar. Estou ciente de que dirão que, quando persistimos em certos atos porque sentimos que não deveríamos fazê-lo, nossa conduta é apenas uma modificação daquela que costuma surgir da combatividade da frenologia. Mas uma breve análise mostrará a falácia de tal ideia. A combatividade frenológica tem como essência a necessidade de autodefesa. É nossa salvaguarda contra danos. Seu princípio tem a ver com nosso bem-estar; e, assim, o desejo de estar bem é despertado concomitantemente com seu desenvolvimento. Segue-se que o desejo de estar bem deve ser despertado simultaneamente com qualquer princípio que seja apenas uma modificação da combatividade, mas, no caso daquilo que chamo de perversão, o desejo de estar bem não só não é despertado como também existe um sentimento fortemente antagônico.

Apelar para o coração da pessoa é, afinal de contas, a melhor resposta à sofística acima descrita. Ninguém que consulta, com confiança, e questiona integralmente sua própria alma estará disposto a negar a radicalidade da propensão em questão. Não é mais incompreensível do que distinta. Não existe ninguém que não tenha sido, em algum momento, atormentado, por exemplo, por um desejo honesto de provocar seu ouvinte com circunlocução. Aquele que fala está ciente do fato de que está desagradando; tem toda a intenção de agradar, costuma ser direto, preciso e claro, as palavras mais lacônicas e luminosas brigam para ser ditas, e é só com muita dificuldade que ele se impede de pronunciá-las; teme e deprecia a raiva daquele a quem se dirige; contudo, ocorre-lhe a ideia de que, com certas involuções e parênteses, tal raiva pode ser despertada. Essa simples ideia é suficiente. O impulso aumenta, transformando-se em um desejo, o desejo transforma-se em gana, a gana em um anseio incontrolável, e o anseio (para as profundas contrição e vergonha daquele que fala, e desafiando todas as consequências) é satisfeito.

Temos uma tarefa à nossa frente, que deve ser rapidamente cumprida. Sabemos que seria desastroso postergar. A crise mais importante de nossa vida nos chama, como um trompete, ao esforço e à ação imediata. Chamejamos, estamos consumidos por um desejo de nos pôr a trabalhar, nossa alma ardendo com a previsão do glorioso resultado. Deve, precisa ser feito hoje, mas ainda assim adiamos até amanhã, e por quê? Não há resposta, exceto que sentimo-nos perversos, usando a palavra sem compreender o princípio. O amanhã chega e, com ele, uma ansiedade mais impaciente de cumprirmos nossos deveres, mas com este mesmo aumento da ansiedade chega também um anseio pela postergação, sem nome e positivamente medonho, por ser incompreensível. Este anseio junta forças, conforme o tempo passa. O último momento de agir está chegando. Trememos com a violência do conflito dentro de nós – do definido dentro do indefinido –, da substância com a sombra. Porém, se a contenda durou até agora, é a sombra que prevalecerá, e lutamos em vão. O relógio bate as horas, e é o anúncio da morte de nosso bem-estar. Ao mesmo tempo, é o canto do galo que anuncia o fantasma que há tanto tempo nos amedronta. Ele voa, desaparece; estamos livres. A velha energia retorna. Agora, vamos trabalhar. Mas ai de nós! É tarde demais!

Estamos à beira de um precipício. Olhamos para o abismo; ficamos enjoados e zonzos. Nosso primeiro impulso é afastar-nos do perigo. Inexplicavelmente, ficamos parados. Gradativamente, o enjoo, a tontura e o horror que sentimos se mesclam em uma nuvem de sentimentos inomináveis. De pouco a pouco, de forma ainda mais imperceptível, essa nuvem toma forma, como faz o vapor da garrafa de onde sai o gênio de *As Mil e Uma Noites*. Mas essa nossa nuvem, na beira do precipício, transforma-se em uma palpabilidade, uma forma, muito mais terrível do que qualquer gênio ou demônio de um conto, mas ainda assim é apenas um pensamento, ainda que temeroso, e que gela até a medula de nossos ossos com a ferocidade do deleite de seu horror. É meramente a ideia de quais seriam nossas sensações durante uma queda repentina daquela altura. E tal queda – aquela aniquilação veloz –, precisamente por envolver a mais sombria e medonha de todas as imagens sombrias e medonhas de morte e sofrimento que se apresentam à nossa imaginação, é exatamente por esse motivo que, agora, desejamo-la mais vividamente. E é porque nossa razão nos afasta violentamente da beirada que nos aproximamos dela, ainda mais impetuosamente. Não há paixão em uma natureza tão diabolicamente impaciente quanto a daquele que, tremendo na beirada de um precipício, cogita saltar. Fazer qualquer tentativa momentânea de refletir racionalmente significa, inevitavelmente, perder tempo, pois a reflexão nos insta a evitar, e é por isso, conforme digo, que não conseguimos. Se não houver um braço amigo para nos controlar, ou se fracassarmos em um esforço repentino para afastar-nos do abismo, saltamos e somos destruídos.

Podemos examinar esses atos semelhantes como quisermos, e veremos que resultam unicamente do espírito da Perversão. Cometemo-los porque sentimos que não devíamos. Para além ou atrás disso, não há princípio inteligível; e podemos, na verdade, considerar essa perversão uma instigação direta do arqui-inimigo, se não fosse pelo fato de que há instâncias em que ela opera em prol do bem.

Disse tudo isso para, em certa medida, poder responder sua pergunta, para poder explicar por que estou aqui, para contar a você algo que tenha, pelo menos, uma tênue semelhança com um motivo para estar portando estas correntes e habitando esta cela dos condenados. Se não tivesse sido prolixo, você poderia ter compreendido errado o que quero dizer, ou, junto com a multidão, pensado que sou louco. Assim, perceberá facilmente que sou uma das incontáveis vítimas do Demônio da Perversão.

É impossível algum ato ter sido praticado com uma deliberação mais completa. Por semanas, meses, ponderei o método do assassinato. Rejeitei mil esquemas, porque sua consecução envolvia uma chance de detecção. Finalmente, lendo umas memórias francesas, encontrei um relato sobre uma doença quase fatal que acometeu madame Pilau, por causa de uma vela que fora envenenada acidentalmente. A ideia agradou minha imaginação imediatamente. Sabia que minha vítima tinha o hábito de ler na cama. Sabia também que seu apartamento era estreito e mal ventilado. Mas não preciso importuná-lo com detalhes impertinentes. Não preciso descrever os fáceis artifícios com os quais substituí, em sua mesa de cabeceira, a vela que lá encontrei por uma que eu mesmo havia produzido. Na manhã seguinte, ele foi descoberto morto em sua cama, e o veredito do legista foi: "Morte pela vontade de Deus".

Após herdar suas propriedades, tudo correu bem comigo, por anos. A ideia de ser descoberto não passou-me pela cabeça, em momento algum. Eu mesmo havia descartado cuidadosamente os restos da vela fatal. Não deixara nem sombra de pista com a qual seria possível condenar-me pelo crime ou até mesmo suspeitar de mim. É inconcebível o enlevo do sentimento de satisfação que despertava em meu peito, conforme refletia sobre minha absoluta segurança. Por um longo tempo, acostumei-me a regozijar-me com este sentimento. Me trazia mais deleite verdadeiro do que todas as vantagens meramente mundanas advindas de meu pecado. Contudo, chegou finalmente um momento em que a sensação prazerosa cresceu, com uma gradação quase que imperceptível, e transformou-se em um pensamento obsessivo e perturbador. Perturbava-me porque era obsessivo. Eu mal passava um instante livre dele. É bastante comum ser incomodado por um zumbido nos ouvidos, ou pelo fardo de alguma canção comum, ou por alguns trechos banais de alguma ópera, em nossas lembranças. Não seremos menos atormentados se a música for boa ou se a ária for meritória. Desse modo, finalmente comecei a reparar que refletia constantemente sobre minha própria segurança, e repetindo, em voz baixa, a frase: "Estou seguro".

Um dia, passeando pelas ruas, peguei-me murmurando, em voz mais ou menos alta, aquelas sílabas costumeiras. Em um arroubo de petulância, remodelei-as da seguinte forma: "Estou seguro... estou seguro, sim... se não for tolo o suficiente para fazer uma confissão espontânea!"

Logo que pronunciei essas palavras, senti um calafrio tomar conta de meu coração. Já tinha alguma experiência com esses arroubos de perversão (cuja natureza esforcei-me um pouco para explicar), e lembrava-me bem de que, em nenhuma ocasião, resistira com sucesso a seus ataques. E agora minha própria sugestão casual de que poderia ser tolo o suficiente a ponto de confessar o assassinato do qual era culpado confrontava-me, como se fosse o fantasma daquele que eu havia assassinado, e chamava-me para a morte.

De início, fiz um esforço para livrar-me daquele pesadelo da alma. Andei vigorosamente, mais e mais rápido, finalmente correndo. Senti um desejo enlouquecedor de dar um grito alto. Cada onda sucessiva de pensamento dominava-me com seu terror, pois eu infelizmente entendia, entendia bem demais, que pensar, em meu caso, significava meu fim. Apressei o passo ainda mais. Corri como um louco pelas vias lotadas. Finalmente, a multidão alarmou-se e começou a perseguir-me. Senti, então, a consumação de meu destino. Se pudesse ter arrancado minha própria língua, o teria feito, mas uma voz grossa ressoava em meus ouvidos, e um aperto ainda mais grosso pegou-me pelo ombro. Virei-me, arfando. Por um momento, senti todas as aflições do sufocamento; fiquei cego, surdo e zonzo; e então algum inimigo invisível, pelo menos foi o que pensei, acertou-me nas costas com a mão aberta. O segredo há muito aprisionado irrompeu de minha alma.

Dizem que falei com uma enunciação clara, mas com uma ênfase acentuada e pressa veemente, como se temesse alguma interrupção antes de conseguir concluir as frases breves, porém cheias de significado, que enviaram-me para o carrasco e para o inferno.

Tendo relatado tudo o que era necessário para a mais ampla sentença, desabei, desmaiado.

Mas por que deveria ter dito mais alguma coisa? Hoje carrego estas correntes, e aqui estou! Amanhã estarei livre dos grilhões! Mas onde?